AOUST 1572,

OU

CHARLES IX A ORLÉANS,

DRAME HISTORIQUE EN QUATRE ACTES,

EN VERS,

PAR M. J. LESGUILLON,

Représenté pour la première fois, à Paris, le 20 novembre 1832,

SUR LE

Théâtre du Panthéon.

PARIS,

LIBRAIRIE DE MAME-DELAUNAY,

RUE GUÉNÉGAUD, N° 25.

1833.

DE L'IMPRIMERIE DE LACHEVARDIERE, RUE DU COLOMBIER, 30.

AOUST 1572,

OU

CHARLES IX A ORLÉANS.

DE L'IMPRIMERIE DE LACHEVARDIERE,
RUE DU COLOMBIER, N° 30, A PARIS.

AOUST 1572,

OÙ

CHARLES IX A ORLEANS,

DRAME HISTORIQUE EN QUATRE ACTES,

EN VERS,

PAR M. J. LESGUILLON,

Représenté pour la première fois, à Paris, le 20 novembre 1832,

SUR LE

Théâtre du Panthéon.

PARIS,

LIBRAIRIE DE MAME-DELAUNAY,

RUE GUÉNÉGAUD, N° 25.

1833.

A

SAINT-ERNEST.

Mon cher ami,

J'acquitte en vous offrant ma pièce un juste tribut d'affection ; je dois beaucoup à votre talent et à vos conseils ; je me plais à vous en remercier publiquement.

Cet hommage est du cœur.

J. LESGUILLON.

———

P. S. Je joindrai dans ma gratitude Adolphe La Ferrière, éloquente et naïve victime de sa croyance puritaine ; Baret, sabreur poltron et catholique ; Potier, que son jeu seul ferait nommer ; Monet, tartufe de haute volée ; Valmont et Gustave, proscrits tous deux, l'un enjoué, l'autre triste ; et les deux jeunes adjoints du vrai courtisan Stanislas. Quant à mademoiselle Lexel, ses succès à l'Odéon avaient annoncé d'avance comment elle jouerait Catherine, artificieuse, froide et barbare ; et madame Simon a prouvé par son naturel et sa vérité ce qu'elle pouvait créer dans un rôle de passion et d'amour.

Mille remerciemens aussi à Blache, qui sait tant faire de peu de chose, et qui, comme un enchanteur, a rajeuni et ranimé la vaste époque de Charles IX sur la scène du cloître Saint-Benoît.

PERSONNAGES. ACTEURS.

MM.

CHARLES IX, roi de France. . . . SAINT-ERNEST.

JACQUES DE GYVÈS, chef pro-
testant . . . . ADOLPHE LA FERRIÈRE.

GAUTIER, roi des arbalétriers d'Orléans . . . . . . , ... BARET.

LE CHEVALIER DE TOUCHET. CH. POTIER.

RENÉ, parfumeur de la reine. . . MONET.

MARCILLY DE SIPIERRE, gou-
verneur d'Orléans. . . . . STANISLAS.

JACQUIN, } protestans pros- { VALMONT.
ROUSSELET, } crits. { GUSTAVE.

TRIPAUT, } adjoints du gou- { VICTOR BARET.
DUPLEIX, } verneur d'Orléans { ALFRED.

CATHERINE DE MÉDICIS . . . Mlle LEVEL.

MARIE TOUCHET. . . . . Mme SIMON jeune.

TAVANNE, officier du roi. (Muet.)

PAGES, PROTESTANS; OFFICIERS DU ROI, DE LA REINE;
GARDES, DOMESTIQUES, etc., etc.

AOUST 1572,

OU

CHARLES IX A ORLÉANS.

ACTE PREMIER.

Une salle d'audience de l'Hôtel-de-Ville d'Orléans ; elle est ornée aux cheminées , aux vitraux et au plafond, de la devise de Louis XII , un porc-épic avec ces mots : *Cominus et eminus* , et du chiffre de Henri II et de Diane de Poitiers ; un crucifix au fond ; meuble simple et noble.

SCÈNE PREMIÈRE.

SIPIERRE, TRIPAUT, DUPLEIX.

(Sipierre est assis à une table, Tripaut et Dupleix sont à ses côtés.)

SIPIERRE.

Oui, messieurs, comme j'ai l'honneur de vous le dire,
Je l'ai présent encore et pourrais le décrire:
Ce fut pour le joyeux avènement du roi
Henri deux , de la reine : on eut un grand tournoi.
Nous étions dix , la fleur de la chevalerie ;
Le dernier de nous tous , là , sans forfanterie,

Ne le cédait en rien au plus fort cavalier,
Et je ne passais pas pour être le dernier.
La reine-mère enfin, quand je m'approchai d'elle,
Me dit; Des écuyers vous êtes le modèle!
Vous montrez à cheval une adresse! Seigneur
Sipierre, d'Orléans je vous fais gouverneur.

TRIPAUT.

Ainsi le vrai talent s'élève aux grandes places :
Nous devons au tournoi rendre de belles grâces.

DUPLEIX.

Oui , certes, nous devons rendre grâce au tournoi.

SIPIERRE.

Pardieu! je ne suis pas de votre avis, ma foi !
Je ne soupçonnais pas ce qu'en valait la fête :
Ces messieurs d'Orléans ont si mauvaise tête !
Ils se cabrent ! je crois qu'ils rûraient sans façon :
Il faut bon écuyer pour leur tenir l'arçon !
Ce sont à chaque instant des combats, des querelles
Entre les bons chrétiens et les sectes nouvelles :
Bien plus que les plaideurs, messieurs les Huguenots
Occupent chaque jour les cours, les tribunaux :
En vain de Charles neuf la douceur paternelle
Tente de ramener leur secte criminelle ;
De convertir leur âme il n'est aucun moyen :
Exil, bûcher, gibet, tout cela n'y peut rien :
C'est une secte impie autant qu'extravagante :
Pour un que l'on fait pendre, il en renaît cinquante.

DUPLEIX.

C'est stupide, en effet, de suivre une autre loi.

TRIPAUT.

Sans doute... c'est chez eux cependant que le roi
S'est naguère avisé de prendre une maîtresse.

DUPLEIX.

Quoi ! le roi très chrétien?

TRIPAUT.

Ah ! mon cher ! la jeunesse....

DUPLEIX.

Oui ! l'on m'a raconté.... Je ne m'en souviens point,...

SIPIERRE.

Ah ! vous êtes vraiment bien fort pour un adjoint!
Quoi ! vous ne saviez pas que la jeune Marie ,
La plus tendre beauté d'Orléans, sa patrie ,
A ses pieds quelque temps a vu languir le roi !

DUPLEIX.

Non... mon absence.

SIPIERRE.

Ah! oui!..

DUPLEIX.

C'est dans ce temps...

SIPIERRE.

Je voi.

DUPLEIX.

Je suis en cela d'une ignorance profonde.

SIPIERRE.

C'est un de ces secrets que connaît tout le monde,
Charles neuf traversait la ville , avec sa cour ;
Il descendait du pont, et voilà qu'au détour
De la rue, au balcon d'une large fenêtre,
Jeune fille aux yeux bleus soudain vint à paraître ;

Le prince en la voyant l'aima, puis il voulut
La revoir : désira de lui plaire, et lui plut.
Aux rois, vous le savez, on ne résiste guère :
Mais le cœur de Marie eut un amour sincère,
Dit-on : c'est cet amour qui lui fit refuser
Gyvès, un protestant qu'elle allait épouser :
Charles neuf, étalant sa nouvelle conquête,
Passa dans Orléans les nuits, les jours en fête ;
Lui donna pour sa dot (il rit) le château du Hallier,
Et le père Touchet fut nommé chevalier.

TRIPAUT.

Je le crois parbleu bien ! Touchet, par politique,
De tiède protestant devint chaud catholique.
Dans le sein de l'Église avec faste il rentra,
Et le roi l'anoblit le jour qu'il abjura.

DUPLEIX.

Un si beau dévouement méritait la noblesse.

SIPIERRE.

De tous ces parvenus voyez la petitesse !
Ce qu'il était hier, il l'oublie aujourd'hui !
Ce caprice du prince est un honneur pour lui :
Le plus simple bourgeois, y voyant un outrage,
Aurait maudit sa fille et serait mort de rage :
Mais lui, loin de s'en plaindre, il en est enchanté.
Il ne sait plus qu'un mot, Le roi ! Sa Majesté !
Parle-t-on des Valois ? il est de la famille :
Et tout cela, pourquoi ? c'est parce que sa fille...

(Ils rient aux éclats.)

DUPLEIX.

Le roi ne l'a donc pas appelée à la cour ?

SIPIERRE.

Les rois sont oublieux et surtout en amour.
Depuis qu'il est absent, Marie a fui le monde :
Rien ne peut dissiper sa tristesse profonde :
Et tandis que Touchet triomphant, radieux,
Promène son orgueil et sa honte en tous lieux,
Marie, avec douceur triste et sans espérance,
Regrette son amant, et non le roi de France.

TRIPAUT.

Charles neuf l'a sans doute oubliée à Paris?

SIPIERRE.

Moi, qui connais la cour, j'en serais peu surpris;
Il est faible ; il soupire aux pieds d'une autre belle ;
Depuis près de trois mois on n'en a pas nouvelle.

☞ (Entre un domestique avec une lettre qu'il lui remet ; il l'ouvre,)

Les armes de la reine ! Ah ! pour moi quel honneur
Que la reine ait daigné... !

(Il lit.)

   « Monsieur le gouverneur,
»Nous vous faisons ces mots afin de vous apprendre
»Que notre fils devant incognito se rendre
»Dans Orléans, je veux, l'intérêt en est grand,
»Qu'il reçoive de vous les honneurs de son rang.
»Comme s'il eût d'avance annoncé son voyage,
»Prévenez le clergé, la ville, le bailliage :
»Avec un officier qui m'avertit de tout,
»Mon fils arrivera dimanche, douze aoust.
»Songez-y bien, monsieur le gouverneur, je compté
»Sur votre exactitude et ponctuelle et prompte :
»Sur quoi, monsieur, je vous salue, en priant Dieu

»Qu'il vous ait en sa sainte et digne garde : adieu !

»CATHERINE. »   (Il leur montre la lettre avec vanité.)

C'est bien , je crois, sa signature :
Vous voyez que je suis en fort bonne posture
A la cour, et surtout près de Sa Majesté.

TRIPAUT.

C'est qu'elle rend justice à votre loyauté.

DUPLEIX.

Elle sait estimer un serviteur qui l'aime.

SIPIERRE (reprenant la lettre).

Ah ! ah ! un *post-scriptum !* Comment ! de sa main même !
C'est important ! lisons ! (Il lit bas.)« Je le suivrai de près.
»Beaucoup d'éclat pour lui, mais pour moi point d'apprêts.
»Je viendrai presque seule en un mince équipage,
»Et vous devez vous-même ignorer mon voyage. »

(Il les congédie de la main.)

Je prends pour rendez-vous la place du Martroi,
Allez tout préparer pour recevoir le roi.

(Ils vont pour sortir ; entrent Marie et son père.)

SCÈNE II.

LES MÊMES, MARIE TOUCHET, TOUCHET

SIPIERRE (avec humeur).

Qui vient là...? (Il voit Marie et se lève.)

C'est Marie et son père.

DUPLEIX (avec intérêt).

Ah !

TRIPAUT (à Dupleix avec mystère).

C'est elle !

SIPIERRE (saluant).

Ah ! monsieur de Touchet !

TRIPAUT (saluant).

Monsieur !

DUPLEIX (saluant).

Mademoiselle !

SIPIERRE.

Ne pourrais-je obtenir l'honneur de déposer...?

(Il veut lui baiser la main ; Marie le refuse sans faste et sans pruderie.)

MARIE.

Monsieur le gouverneur...

SIPIERRE.

Pardon ! un seul baiser !

Cette main si jolie a soumis notre maître ;

Le prince est votre esclave, et chacun voudrait l'être.

TOUCHET (avec mystère).

Vous le serez plus tôt que vous ne le pensez.

SIPIERRE.

Que dites-vous ?

TOUCHET.

Suffit ! c'est vous en dire assez.

Allez ! quand votre zèle aujourd'hui vous entraîne,

Peut-être embrassez-vous la main de votre reine.

(A Marie.)

Ma fille, au gouverneur ce n'est pas défendu :

Tu vois qu'il ne sort pas du respect qui t'est dû.

(Marie laisse avec grâce sa main à Sipierre qui y dépose un baiser.)

TOUCHET (à Sipierre).

Pardon ! elle est timide !. oui ; tant d'égard la touche ;

Mais une politesse, un seul mot l'effarouche.

TRIPAUT (à demi-voix).

Comme elle est retenue et modeste !

SIPIERRE (bas à Tripaut).

Oui, vraiment :
Tout homme l'effarouche, excepté son amant.

DUPLEIX (de façon à être entendu).

Charles neuf a bon goût, au fait, elle est jolie.

SIPIERRE (bas à Tripaut).

Oui, comme une beauté qu'un inconstant oublie.

MARIE (vivement à Sipierre).

Gouverneur, savez-vous des nouvelles du roi ?

SIPIERRE.

Sans doute ! il est fidèle à tant d'amour.

TOUCHET.

Ma foi,
Un Français doit aimer son roi, ne vous déplaise,
Et c'est de tout son cœur que ma fille est Française.

(Il rit et s'applaudit de son bon mot.)

MARIE.

Ah ! mon père, de grâce.

SIPIERRE (à Touchet).

Épargnez sa pudeur.

TOUCHET   à Marie).

Pardon ! je ne veux pas blesser... (à part) Quelle candeur !

(A Sipierre.)

Vous disiez...

SIPIERRE.

J'ai du roi d'excellentes nouvelles.

MARIE.

Je crois en apporter de meilleures.

SIPIERRE.

Lesquelles ?

TOUCHET (riant).

Ah ! ah !

SIPIERRE.

J'allais chez vous annoncer son retour.

MARIE.

Je le savais.

TOUCHET (avec importance).

On sait ce qu'on fait à la cour.

SIPIERRE.

Puisque vous savez tout, puis-je rien vous apprendre?
J'ai bien l'honneur...   (Il va pour sortir.)

TOUCHET.

Comment! déjà?...

SIPIERRE.

Je vais me rendre
A la ville, où je dois, avec attention,
Surveiller les apprêts de sa réception.

MARIE.

Mais cet incognito ?...

SIPIERRE.

De notre souveraine
J'ai des ordres: je dois n'obéir qu'à la reine.
(Il sort avec Dupleix et Tripaut.)

SCÈNE III.

TOUCHET, MARIE,

TOUCHET.

Je suis fâché, vraiment, qu'il ne soit pas resté;
Il aurait vu comment t'écrit Sa Majesté...
Tiens, voyons ce billet !

MARIE.

Mais...   (Touchet la prie du geste,
elle tire la lettre et commence à lire.)   « MA CHÈRE MARIE. »

TOUCHET.

Ma chère Marie! Ah ! j'en ai l'âme attendrie !
Comme il l'aime ! (Avec enthousiasme.) Grand roi !

MARIE.

Poursuivons : j'en étais...

« MA CHÈRE MARIE... »

TOUCHET (toujours ému).

Ah !

MARIE.

Mon père !

TOUCHET (avec respect).

Je me tais.

MARIE (lisant).

« Dimanche, douze aoust, sans prévenir ma mère,
»J'irai rendre visite à celle qui m'est chère.
»Je veux, fixant pour toi mes vœux irrésolus,
»Choisir le bon moyen de ne te quitter plus.
»Ton CHARLES. »

TOUCHET.

Ce billet que je crois bien comprendre,
N'est pas d'un souverain, mais d'un ami.

MARIE.

Bien tendre!

TOUCHET.

Bien tendre! Mon enfant, donne-le-moi!
(Il prend la lettre et l'embrasse.) Je veux
Que cette lettre-là soit pour tous nos neveux
Un titre de noblesse aussi sacré que celle
Que l'un de mes aïeux reçut de la Pucelle.
(Il la serre avec soin.)
Il vient donc, le meilleur, le plus digne des rois!
Je vais le voir! sans doute, il va comme autrefois
Me combler d'amitiés, m'adresser la parole!
Je vais auprès de lui remplir encor mon rôle!
Détacher son épée et porter son manteau!
Et lui baiser la main, et garder son chapeau!
Quel honneur, en effet! quel éclat! quelle gloire!
Et c'est toi, cependant! pouvais-je jamais croire,
Lorsque tu n'étais pas plus haute que cela,
Que tu m'aurais valu l'estime où me voilà?
Va, tu peux te flatter, fille adorable et chère,
Que tu fais le bonheur des vieux jours de ton père!

MARIE (à elle même).

Ce voyage soudain, cette lettre du roi,
Cachent quelque mystère : est-ce un bonheur pour moi?
Quand fixerai-je enfin cette vie incertaine?
J'ai bien long-temps souffert l'arrogance hautaine
Des prudes, dont la haine envenime mes pas,

Des hommes, insultant un bonheur qu'ils n'ont pas !
Si ton doux souvenir n'eût doublé mon courage,
Comment, sans ton amour, supporter tant d'outrage ?
Mon Charles, mon bonheur, mon seul espoir, mon bien,
Oh ! si ton cœur royal battait avec le mien !
S'il était, oublieux même de sa puissance,
Heureux à mes côtés et veuf de mon absence,
Mon Charles, pourrais-tu vivre seul loin de moi,
Loin de moi, pauvre enfant, qui n'existe qu'en toi?
Ah ! dût ta main m'offrir la puissance suprême,
Je ne veux que ton cœur, garde ton diadème.

TOUCHET.

Bon ! je la traiterai bientôt de Majesté.

SCÈNE IV.

LES MÊMES, GYVÈS.

MARIE (avec émotion).

Ciel ! monsieur de Gyvès !

TOUCHET.

Oui, ce jeûne entêté...

MARIE (à part).

Je ne l'ai jamais vu si sérieux, si triste !

TOUCHET.

Bonjour, monsieur Gyvès, bonjour, mon cher juriste!
Car on retrouve en vous le savant révéré
Votre père, docteur *in utroque jure.*

GYVÈS.

Merci. (Voyant Marie.) C'est vous !

MARIE (toujours émue).

Monsieur...

GYVÈS (à part).

A mon âme charmée
Sa vue est douce encor ; car je l'ai tant aimée !
Pourquoi sa trahison ?...

TOUCHET.

De quel air mécontent
Vous semblez nous revoir, monsieur le protestant !

GYVÈS (à part).

Son souvenir toujours est là cruel et tendre !

TOUCHET (riant).

Vous avez cependant manqué d'être mon gendre !

GYVÈS.

Monsieur !

TOUCHET (riant).

Oui !...

GYVÈS.

Ce projet, charme de deux cœurs purs,
Osez-vous en parler ? Le roi vint dans ces murs :
Il parut, et soudain, sans regret, sans contrainte,
Vous avez abjuré notre croyance sainte.
Quel prodige étonnant changea donc votre foi ?
Est-ce une voix du ciel ? C'est un regard du roi !
Un seul, et tout-à-coup dans votre âme fragile,
Ce que défend l'honneur et proscrit l'évangile,
Ces sermens par lesquels notre sort fut lié,
Un seul regard du prince, et tout fut oublié.

MARIE (avec bonté).

Quelle injuste rigueur contre moi vous anime !

Ce que je crus amour n'était que de l'estime,
Sentiment vrai, rempli de charme et de douceur :
Et j'ai pour vous encore une amitié de sœur.
Mais un autre devait m'apprendre comme on aime.
Oh ! si vous connaissiez mon Charles ! oui, vous-même,
Vous me comprendriez, Gyvès, assurément !
Il est si doux de croire au dieu de son amant !
D'aller se prosterner au même autel ! Il semble
Que nos voix vers le ciel s'élèvent mieux ensemble,
Et que nos vœux, là-haut mêlés aux divins chœurs,
Portent à Dieu lui-même un écho de nos cœurs.

GYVÈS (avec un air d'indifférence).

Je venais demander justice pour mes frères.
Des arrêts odieux, injustes, arbitraires,
Les forcent au mépris de nos traités, des lois,
A vivre seuls, errans et cachés dans les bois,
Exposés aux hivers, sans pain, sans nourriture,
Aux plus vils animaux disputant leur pâture,
Et dans ces noirs abris, glacials et brumeux,
Dispersés, poursuivis, assassinés comme eux.
Ces maux qui des bourreaux devraient lasser la rage,
Voilà de vos bienfaits ! voilà pourtant l'ouvrage
D'une reine, d'un roi, fléau de son pays,
De ceux enfin pour qui vous nous avez trahis.

MARIE.

Blâmer le roi ! son âme est pleine de noblesse,
N'accusez point son cœur et plaignez sa faiblesse.

GYVÈS.

C'est être criminel que permettre un forfait.
Sa faiblesse ! défaut excusable en effet,

Qui de nos oppresseurs aidant la violence,
Aux cris de désespoir répond par le silence !
Qui ne sait que sourire à son peuple expirant !
Un roi faible ! Allons donc ! j'aime mieux un tyran.
Il répond des malheurs que la faiblesse entraîne,
Et nous le détestons tout autant que la reine.

MARIE.

Lorsque vous le verrez, car il vient aujourd'hui,
Vos soupçons...

GYVÈS.

Ah ! s'il vient, Dieu nous garde de lui !

TOUCHET.

Lorsqu'au sein de son peuple un roi daigne paraître,
C'est toujours un bienfait.

GYVÈS.

Oui, cela devrait être ;
Mais nous sommes au temps où les plus saints des droits
Sont faussés, méconnus, éludés par les rois,
Qui, tremblans des progrès que la raison commande,
Disputent pas à pas les lois qu'on leur demande.
Je me tais : du mensonge empruntant le secours,
On peut prêter un crime aux plus simples discours.
D'un langage hardi la cour est offensée :
On proscrira bientôt jusques à la pensée.

TOUCHET.

De rester en repos savez-vous le moyen ?
Pensez comme la cour, on ne vous dira rien.

MARIE (à Gyvès qui veut sortir).

Vous nous quittez déjà ?

GYVÈS.

Puisque le maître arrive,

L'allégresse sera si bruyante et si vive,

Que le prince, enivré d'éloges et d'encens,

N'aurait pas le loisir d'écouter mes accens.

Je m'en vais retrouver mes frères qui m'attendent :

C'est la voix du malheur : les malheureux l'entendent;

Ils souffrent! Auprès d'eux je vole sans délais :

L'asile du proscrit est plus beau qu'un palais.

TOUCHET.

La fille du bailli d'Orléans, je parie,

Vous console en secret de l'oubli de Marie?

GYVÈS.

Je ne m'élève pas jusques au chancelier;

Mais par un nœud sacré si je veux me lier,

De quelque nom obscur que votre orgueil le nomme,

La fille du dernier artisan honnête homme,

Fidèle à son honneur et fidèle à sa loi,

Vaut cent fois à mes yeux la maîtresse d'un roi. (Il sort)

SCÈNE V.

MARIE, TOUCHET.

MARIE (pleurant).

Le cruel !

TOUCHET.

       Mon enfant, voyons, pourquoi te plaindre?

Ses discours insolens ne peuvent pas t'atteindre;

Tout cela, vois-tu bien, c'est au-dessous de toi...

Des larmes! qu'elle est sotte !

(Bruit au dehors, fanfares, cloches.)

                            Ah ! courons, c'est le roi !
Essuyons bien ces pleurs, de crainte que leurs traces
N'ôtent aux yeux du roi quelque chose à tes grâces.
          (Il prend le mouchoir de Marie et lui essuie les yeux.)

                    MARIE.

Mais le cortége approche... il entre... je le voi :
Que son premier regard se repose sur moi !
(Elle se met à la fenêtre, et répond du regard au roi. On entend au dehors
    le bruit du cortége.)

                # SCÈNE VI.

LES MÊMES, CHARLES IX, SIPIERRE, D'AUMALE,
   TAVANNES, TRIPAUT, DUPLEIX, GAUTIER,
   GENS DE QUALITÉ D'ORLÉANS, PEUPLE, COURTISANS.

(Gautier est à la tête des hallebardiers et des arbalétriers, qui font haie
              chacun de leur côté.)

                    TOUCHET (en délire).

Vive le roi !

                    CHARLES (avec grâce).

            Pourquoi cette pompe importune?
Monsieur le gouverneur, je vous tiendrai rancune.

                    GAUTIER.

Vive le roi !... c'est bien, enfans! retirez-vous !
                (Aux hallebardiers.)
Faites sortir le peuple ; il ne faut rien que nous.
          (Le gouverneur range chacun à sa place.)

CHARLBS (à Marie à demi-voix).

Marie, est-ce bien toi? Chère Marie!

MARIE (au comble de l'émotion).

Ah, sire !

CHARLES.

N'as-tu donc pas un mot bien plus doux à me dire?

MARIE.

Charles !

CHARLES.

A toi toujours! permets qu'un seul moment
Je sois roi ; puis après je te rends ton amant.

(Il reprend sa place et parle au cortége.)

Messieurs et citoyens de cette bonne ville,
Bien que ce grand concours, cette pompe civile
Trompe l'incognito que je voulais garder,
Je suis trop satisfait pour vous réprimander ;
Votre zèle me touche, ayez-en l'assurance :
Orléans fut toujours le rempart de la France !
Ici, tout est vivant de débris précieux ;
Ici, les monumens guerriers, religieux,
De ce sol héroïque éternisant la gloire,
Nous parlent de combats, d'amour et de victoire !
Orléans, dévouée à son antique foi,
Grave sur ses drapeaux : La patrie et le roi !
Et, jetant dans l'histoire un sillon de lumière,
Rassemble dans son nom la France tout entière.
Grâces à saint Aignan comme à notre Seigneur,

(Il se découvre.)

Elle a deux fois sauvé le royaume et l'honneur !

TOUCHET.

Je mets, sire, à vos pieds, mon hommage et ma fille.

CHARLES.

J'ai toujours estimé votre noble famille.

TOUCHET (ravi).

Ah ! sire... Mais l'honneur dont je suis plus flatté
Date du jour auguste où Votre Majesté,
D'un regard honorable... honorant... notre fille...

CHARLES.

Et la religion?

TOUCHET.

C'est par là que je brille,
Sire ; depuis le jour où Votre Majesté
Daigna ravir ma fille à son impiété,
J'ai suivi son exemple, et, plein de confiance,
J'ai de mon souverain adopté la croyance.

CHARLES.

Ce n'est le tout : il faut de la fidélité.

TOUCHET.

Ah ! tant qu'il plaira, sire, à Votre Majesté.
(Il rentre dans la foule.)

SIPIERRE (montrant Gautier).

Pardon, sire, à vos yeux ce brave veut paraître ;
Chef de la bourgeoisie et roi de l'arbalètre...

CHARLES (souriant).

C'est affaire, je vois, entre nos Majestés.

GAUTIER.

Je suis prêt à remplir toutes vos volontés :
(Avec enthousiasme.)

Sire, vous et la reine, au gré de votre envie,
Vous pouvez disposer de mon sang, de ma vie.

CHARLES.

Très bien.

GAUTIER (transporté).

De vous servir mon cœur est si jaloux !...

CHARLES.

Messieurs, c'est pour la vie entre Charles et vous.

(Il congédie de la main le cortége qui sort. Sipierre veut présenter la main
à Marie , mais Charles la retient, lui présente un fauteuil et s'assied auprès d'elle sur un canapé.)

SCÈNE VII.

CHARLES , MARIE.

CHARLES.

Me voilà donc bien loin de cette cour fatale,
Où je languis sans toi ! loin de ma capitale !
Voyage inespéré ! délicieux instant !
Auprès de mon amie ! hélas ! je t'aime tant !
Depuis qu'il m'a fallu, martyr de ma puissance,
Abandonner ces bords , charmés par ta présence,
Je séchais dans le Louvre et de peine et d'ennui :
Je mourais loin de toi : je renais aujourd'hui !
Chère Marie ! allons ! du respect? qu'on me donne
Cette main.

MARIE (timide et incertaine).

Mais si... vous... permettez.

CHARLES.

Je l'ordonne.

MARIE.

J'obéis... (elle est tellement émue qu'elle verse des larmes.)

CHARLES.

Allons donc... un peu plus près de moi.
Comment s'est-on porté?... des larmes! et pourquoi?

MARIE.

Vous me le demandez? loin de celui que j'aime,
Co: me dans un exil m'enfermant en moi-même,
Son tendre souvenir me parlait seul de lui :
Après des jours amers je le vois aujourd'hui,
Sa voix me ressuscite et son regard m'enivre...
Et bientôt... ah ! du moins si je pouvais le suivre,
Le revoir, obtenir un sourire, un coup d'œil !
Mon Charles! quand, parfois le cœur navré de deuil,
Tournant mes yeux éteints vers les rives de Loire,
Je rappelais pensive en ma triste mémoire
Tous ces instans remplis de bonheur et d'amour;
Quand je me demandais si, loin de mon séjour,
Mon bien-aimé, rêvant à ces heures passées,
Me donnait un regret pour toutes mes pensées,
Près de moi résonnait un sourire moqueur,
Et le sarcasme amer retombait sur mon cœur.

CHARLES (avec colère).

Qui donc de mon amie a fait couler les larmes?

(Il reprend plus doucement.)

Poursuis, ange d'amour, ces mots remplis de charmes.
Non, jamais la splendeur qui brille autour de moi,
Tout un peuple à genoux pour adorer ma loi,
Jamais le chant des cours, l'éclat qui m'environne,
Jamais le bruit qui flotte autour de ma couronne,

Jamais l'hymne de gloire élevé pour les rois,
N'eut pour moi des accens aussi doux que ta voix !
Mais je veux à ma cour te conduire moi-même !
Toi, le plus beau fleuron de mon beau diadème,
Tu seras à jamais, reine de mes loisirs,
L'orgueil de mon palais, l'âme de mes plaisirs ;
Près de toi j'oublîrai, comme aux rives de Loire,
Et Paris et mon nom, et mon trône et ma gloire !

MARIE.

Charles, j'avais besoin de ces gages d'amour :
Ils effacent les pleurs versés depuis le jour...

CHARLES.

Et qui peut t'affliger ? ah ! ceux dont les blasphèmes...
Mes ennemis... les tiens !.. ils sont toujours les mêmes !
Du loisir qu'on leur donne ils font un bel emploi !
Ma mère, je le sens, les connaît mieux que moi.
Sous les dehors menteurs d'une austère sagesse
Ils osent outrager... jusques à ma maîtresse !
Ma mère a bien raison, et je l'écouterai :
Oui, ce sont des serpens, je les écraserai !

(Il s'est levé en colère, frappe violemment la terre du pied; Marie, qui d'a-
bord a été effrayée de cette exaspération, se rapproche de lui en souriant
et cherche à le calmer par des caresses... Charles, honteux, se rassied,
reprend une attitude tranquille, et après un moment de silence il saisit
la main de Marie, et la pressant avec tendresse :)

Te le dirai-je ? eh ! oui, ta raison, ta prudence,
Te donnent tous les droits à cette confidence ;
Ma mère me propose un coup d'état puissant,
Affreux !... dans ses projets je vois toujours du sang.

MARIE.

Avant qu'entre eux et toi la lutte recommence,

Il faut les écraser à force de clémence !
Ce n'est qu'en pardonnant qu'un roi doit se venger.

CHARLES.

Voilà pourtant ce cœur qu'ils osent outrager !
Ils insultent l'amie ! ils craindront une reine !

MARIE.

Que dis-tu, Charles ? moi ! la grandeur souveraine ?
Pourrai-je à son éclat jamais m'accoutumer ?
Moi , reine ! se peut-il ? je ne saurais qu'aimer.

CHARLES.

Eh bien ! c'est cet amour , présage de victoire,
Qui dotera mon règne et d'honneur et de gloire !
Femmes, des plus grands rois votre bras fut l'appui :
Agnès a sauvé Charles, et la France avec lui !
Quelque temps , mon amie , une union secrette...
Consens-tu ?

MARIE.

J'obéis, je suis votre sujette.

CHARLES.

Quel bonheur ! voici donc mon plan : à ton château
Du Hallier , nous allons nous rendre incognito !
Moi , je vais prétexter une chasse : ton père
Et toi , vous partirez ensemble avec mystère :
Vous suivrez le chemin, moi, je prendrai les bois,
Et nous arriverons à peu près, à la fois.

(A un signe du roi Marie sonne.)

SCÈNE VIII.

MARIE, CHARLES, TOUCHET, SIPIERRE,
TAVANNE.

CHARLES.

Tavannes, conservez vos habits de campagne :
Il faut, d'Aumale ou vous, que quelqu'un m'accompagne :
Vous me suivrez : que tout dans un moment soit prêt :
Nous allons en chassant traverser la forêt.

TOUCHET.

Ah ! grand Dieu ! la forêt... sire ! quelle folie !
De brigands, d'assassins, elle est toute remplie ;
C'est plein de huguenots.

CHARLES.

En galant chevalier
Vous conduirez Marie au château du Hallier :
C'est là que vous saurez le motif du voyage.

TOUCHET (à part).

Le motif ! je m'y perds ! serait-ce un mariage ?

SIPIERRE.

Sire, au moins, faites-vous escorter de Gautier :
Il connaît la forêt jusqu'au moindre sentier.

CHARLES.

Allons ! vous l'exigez ? j'y consens.

SIPIERRE.

Qu'on l'appelle !

TOUCHET.

Il monte ici la garde auprès de la chapelle.

(Il va à la fenêtre et l'appelle.)

Gautier, Gautier !... Il vient...

SCÈNE IX.

Les mêmes, GAUTIER.

SIPIERRE.

On a besoin de toi :
Veux-tu rendre un service ?

GAUTIER.

A qui , messire ?

SIPIERRE.

Au roi.

GAUTIER.

De grand cœur! (bas) ma fortune aujourd'hui va sans doute
Commencer.

SIPIERRE.

Il faudra guider le roi : la route,
Tu la connais...

GAUTIER.

S'il faut affronter le trépas,
Commandez! les périls ne m'arrêteront pas.
(A Sipierre en confidence.)
La route, vous pensez, n'est pas trop dangereuse ?

SIPIERRE.

Non.

GAUTIER.

Vous me l'assurez.

SIPIERRE.

Mais oui.

GAUTIER (reprenant sa hardiesse).

Fût-elle affreuse !

SIPIERRE.

Le roi peut s'égarer à cause des détours.

GAUTIER (avec enthousiasme).

Je mourrai, s'il le faut, pour défendre ses jours.

TOUCHET.

Bravo ! car la forêt...

GAUTIER.

Quelle forêt ?

SIPIERRE.

C'est celle

Que tu connais.

GAUTIER (effrayé).

Plaît-il ? La forêt qui recèle

Ces brigands d'huguenots...

CHARLES.

Tiens-toi prêt à partir.

GAUTIER.

(A part).

Quand on voudra. J'ai peur ; je commence à sentir
Un frisson...

CHARLES.

Sa valeur me charme et me rassure.

SIPIERRE.

Tu feras prendre au roi la route la plus sûre.

GAUTIER.

Oui , certes.

SIPIERRE.

Tu réponds de ses jours.

GAUTIER.

J'en répond.

CHARLES.

Du secret...! Va m'attendre à la tête du pont.

GAUTIER (marchant lentement).

Oui, sire. (A part.) Je suis mort! (Haut.) J'y vole! (A part.) Sainte Vierge
Si je reviens vivant, je vous promets un cierge.

(Il sort.)

SCÈNE X.

LES MÊMES, HORS GAUTIER.

CHARLES (se préparant à partir).

Ah !

SIPIERRE,

Votre appartement, sire, était apprêté :
Je désire qu'il plaise à Votre Majesté.

CHARLES.

J'ai besoin de repos en effet : viens, Marie :

(à Touchet).

Sipierre, c'est très bien. Suivez-nous, je vous prie.

(Tous sortent, hors Sipierre.)

SCÈNE XI.

SIPIERRE (seul).

Le roi vient dans ces murs, et la reine le suit :
Le roi va chez Touchet : quel motif l'y conduit ?
Je cherche : je me perds en vaines conjectures.
Quel est ce bruit nouveau de chevaux, de voitures ?
C'est la reine ! (Il va au-devant d'elle.)

3

SCÈNE XII.

SIPIERRE, CATHERINE, RÉNÉ.

CATHERINE.

Bonjour, monsieur le gouverneur.

SIPIERRE.

Quoi ! Votre Majesté peut m'accorder l'honneur !...

CATHERINE.

Avez-vous vu le roi ?

SIPIERRE.

J'aurai l'honneur de dire

A Votre Majesté...

CATHERINE.

Le temps presse, messire :
Votre zèle pour moi dès long-temps m'est connu ;
Trève de complimens ! mon fils est-il venu ?

SIPIERRE.

Oui, Votre Majesté.

CATHERINE.

Que fait-il ?

SIPIERRE (souriant).

Je suppose
Qu'en son appartement maintenant il repose.

CATHERINE.

Je respire. A-t-il vu ?...

SIPIERRE.

Qui ?

CATHERINE.

La fille Touchet.

SIPIERRE.

Quand il est arrivé.

CATHERINE.

C'est elle qu'il cherchait !

(Rappelant Sipierre qui va pour sortir.)

Ah ! depuis notre édit pour la paix générale,
Que font vos protestans ?

SIPIERRE.

Des traités de morale.

Ils tiennent hautement, et presque tous les jours,
Leurs prêches, escortés d'un immense concours ;
Ils ont même naguère, et l'insulte est publique,
Enterré l'un des leurs en terre catholique.

RÉNÉ.

O profanation des profanations !
O désolation des désolations !

SIPIERRE.

J'en gémis !

CATHERINE.

De quel œil la ville les voit-elle ?

SIPIERRE.

Elle montre pour eux une haine mortelle :
Harcelés de bons mots, de sarcasmes piquans,
Ils se trouvent en butte à des chagrins fréquens.

RÉNÉ.

Jésus ! sur l'hérésie anathème ! anathème !

SIPIERRE.

On les honnit.

CATHERINE.

Très bien !

SIPIERRE.

On les attaque même.

CATHERINE.

Bon !

SIPIERRE.

C'est à chaque instant quelque débat nouveau :
On pille leurs maisons, leurs magasins.

CATHERINE (vivement).

Bravo !

RÉNÉ.

Rendons-en grâce au ciel !

SIPIERRE.

Et sans l'édit peut-être...

CATHERINE.

Achevez.

SIPIERRE.

Aucun d'eux n'eût osé reparaître.

CATHERINE.

C'est très bien. Laissez-nous : quand je le jugerai
Utile à nos projets, je vous rappellerai.

SIPIERRE.

Quand Votre Majesté...

(Il la salue et sort.)

SCÈNE XIII.

CATHERINE, RÉNÉ.

CATHERINE.

Ma missive secrète
A troublé tout à-coup votre docte retraite :
Il le faut : dans l'état de prince les instans
Sont précieux ! je dois ne pas perdre de temps.

RÉNÉ.

Attendez-vous de moi quelque nouveau service ?
En brusques dénoûmens je ne suis pas novice ;
Parlez : ma main pour vous va semer à foison
Ou les coups de poignard, ou les grains de poison.
Le parfumeur Réné, fameux même à Florence,
Sert ici tout ensemble et l'Eglise et la France ;
A donner le trépas ces doigts sont endurcis :
Je suis un confident digne de Médicis.

CATHERINE.

Non ! jamais souverain n'eut un meilleur ministre !
Mon pouvoir, menacé par un culte sinistre,
Sans doute aura besoin de vos secours adroits
Pour parer aux complots qui menacent nos droits.

RÉNÉ.

Ce que vous accordez, madame, aux hérétiques,
Trouble à la fois l'Etat et les bons catholiques :
De leurs succès croissans le ciel est indigné :
Et ce traité de paix que vous avez signé ?...
Vous ébranlez les droits du ciel, du diadème !

CATHERINE.

Et j'ai pu parvenir à vous tromper vous-même ?
Quel triomphe !

RÉNÉ.

Comment ?

CATHERINE.

On sait feindre et prévoir.

RÉNÉ.

Bien ! bien !

CATHERINE.

C'est dans ce but que j'ai désiré voir
La fille de Touchet, cette jeune Marie,
Que notre fils adore avec idolâtrie :
Je veux, dans ses penchans, chercher même un soutien ;
Et son brusque voyage a décidé le mien.

RÉNÉ.

Votre puissante main qui sème les miracles,
Tire parti de tout et même des obstacles.

CATHERINE.

Des nouvelles de Rome, en avez-vous reçu ?

RÉNÉ.

Le pape approuve en tout le plan déjà conçu
Par monseur de Lorraine, au concile de Trente,
De frapper d'un seul coup l'hérésie expirante,
Et, pour mieux écraser ce grand corps désuni,
De prendre pour signal la mort de Coligni.
Cette rigueur qu'il juge utile et salutaire,
Servira tout ensemble et le ciel et la terre,
Et son doigt bénira le glaive qui proscrit
Tous les blasphémateurs du nom de Jésus-Christ.

CATHERINE.

Puissé-je voir bientôt cette vaste pensée
S'accomplir !

RÉNÉ.

Eh ! par vous qu'elle soit commencée ;
Et vous pourrez, du ciel vous déclarant l'appui,
Gagner ce qu'il réserve à qui fait tout pour lui.

CATHERINE.

C'est mon but ! mais le roi ? puis-je porter atteinte
A ses droits ? il nous faut son aveu.

RÉNÉ.

L'œuvre sainte
Qui doit anéantir notre infâme ennemi,
Est pour le vingt-quatre aoust, la Saint-Barthélemy.

CATHERINE.

Mais nous sommes au douze, et l'époque est prochain.

RÉNÉ.

Guise est-il prévenu ?

CATHERINE.

Par nous et par sa haine.

RÉNÉ.

Les couvens de Paris en sont-ils informés ?
Ont-ils le mot d'ordre ?

CATHERINE.

Oui, les moines sont armés !

RÉNÉ.

Qu'est-il donc maintenant besoin qu'on vous excite ?
De votre fermeté dépend la réussite.

CATHERINE.

Mais il faut que le roi signe.

RÉNÉ.

Il faut s'en passer.

CATHERINE.

Eh ! non, aucun des chefs n'oserait s'avancer !
Sa signature seule, et de sa main royale,
Peut rendre la mesure et prompte et générale.

RÉNÉ.

Il faut donc l'obtenir ou de force ou de gré.
Dans son appartement il dort, bien assuré
Que vous êtes au Louvre : enchanté de sa fuite,
Il ne soupçonne pas qu'on soit à sa poursuite :
De son appartement sitôt qu'il sortira,
Paraissez ! foudroyé, tremblant, il fléchira :
Il n'a jamais tenu contre votre colère :
Il accordera tout pour apaiser sa mère.

CATHERINE.

Voyons ! holà, quelqu'un ! (Elle sonne.)

SCÈNE XIV.

LES MÊMES, SIPIERRE,

SIPIERRE.

Votre Maj.....

CATHERINE.

Où le Roi
Est-il ? que fait mon fils ?

SIPIERRE.

Madame...,

CATHERINE.

Dites-moi,

Où donc est-il? parlez!

SIPIERRE.

Empressé de se rendre

Au Hallier, où Marie et Touchet vont l'attendre...

CATHERINE (avec explosion).

Voilà dans Orléans le but qui l'attirait!
Ils vont s'unir là-bas par un lien secret,
Un mariage... Ah! Dieu! si je ne les devance,
Plus d'espoir! c'en est fait du trône et de la France!

RÉNÉ.

Et l'Eglise, madame, ainsi vous l'oubliez?

CATHERINE.

Non, le trône et l'autel sont pour jamais liés.
Mais pardonnez... je suis inquiète... troublée...

SIPIERRE.

Calmez-vous, la forêt n'est pas trop isolée...

CATHERINE.

Un officier! Touchet et Marie avec lui!
Sera-t-il temps encore? au Hallier...! je les sui...
Venez: par le plus court qu'un guide nous conduise;
Que Dieu sauve le roi!

RÉNÉ.

Que Dieu sauve l'Eglise!

(Sortie tumultueuse.)

FIN DU PREMIER ACTE.

ACTE II.

Une forêt ; tentes , cabanes , tout l'appareil d'un camp de proscrits ; un banc de gazon, et sur le banc un pâté, une bouteille.

SCÈNE PREMIÈRE.

JAQUIN , ROUSSELET (finissant de manger).

JAQUIN.

Sais-tu bien que voilà le plus rude métier ?
Veillant, en faction, la nuit, le jour entier !
Au milieu du sommeil réveillés en alarmes !
Sous les armes toujours! toujours criant : aux armes !
Depuis trois mortels mois, errans, sans feu ni lieu,
Mourrans de faim ! nourris par la grâce de Dieu !
Mais aller à la ville, ou poursuivis en masse,
Nous sommes condamnés, proscrits par contumace,
Et de libre qu'on est se rendre prisonnier,

(Il fait le signe d'être pendu.)

Pour..... De tous les partis ce serait le dernier.
Mieux vaut encor, trompant leur sanguinaire envie,
Mourir en vrai chrétien, en disputant sa vie.

ROUSSELET.

Nous sommes dans les bois mieux que sous leurs verroux :

Des papistes du moins nous bravons le courroux :
Mais qu'il faut de courage et de persévérance !
Mon pauvre ami Jaquin, ah ! quelle différence
Avec le temps !...

JAQUIN.

Ah ! oui, le temps si regretté
Où nous suivions nos cours à l'université.
Quels discours éloquens ! quelles belles tirades !
Quelle réunion de braves camarades !
C'était, il faut le dire, un corps bien assorti :
C'est de là cependant que le coup est parti !
Toujours des jeunes gens la brûlante énergie,
De la raison qui dort rompra la léthargie :
Ce sont eux qui, toujours éclairés sur nos droits,
Cimentent de leur sang le triomphe des lois :
Sous le joug d'un tyran quand la France s'abaisse,
Rien n'est désespéré, reste encor la jeunesse !

ROUSSELET.

C'est pourtant ce Calvin, railleur spirituel,
Malin, de nos plaisirs le chef habituel !
Lorsque j'étais jaloux de son humeur rieuse,
Qui m'eût dit que le roi de la bande joyeuse
Serait, malgré l'Eglise et sa contagion,
Le grand réformateur de la religion ?

JAQUIN.

C'était un raisonneur subtil.

ROUSSELET.

Et Théodore

De Bèze !

JAQUIN.

Ah ! celui-là , c'était un homme encore :
Quel service pourtant ils ont rendu tous deux !
Ils ont enfin brisé ce colosse hideux ,
Que sur l'aveugle esprit de nos pauvres ancêtres
Depuis quinze cents ans avaient bâti les prêtres.
Notre dogme est purgé de toutes ses erreurs ,
Et des bourreaux chrétiens affrontant les fureurs ,
La réforme en bienfaits , en grands hommes féconde ,
Avec la liberté fera le tour du monde.

ROUSSELET.

Ne nous attristons point , le bon temps reviendra.

JAQUIN.

Oui , mais aucun de nous , mon cher, n'en jouira.

ROUSSELET.

Moi , je mourrais heureux si j'avais l'espérance
D'assurer par ma mort le repos de la France.

JAQUIN.

C'est un profit tout clair pour le siècle suivant ,
Mais j'en voudrais jouir un peu de mon vivant.

ROUSSELET.

A propos , connais-tu quelle raison secrète
Nous a fait ordonner cette double vedette ?

JAQUIN.

Nos dangers...

ROUSSELET.
                              Craindrait-on ?

JAQUIN.
                              Oui.

ROUSSELET.

Toujours des excès !
Il faut se battre encore, et contre des Français !

JAQUIN.

Que veux-tu ? maintenant un roi parjure et traître
Nous opprime...Attendons!...son tour viendra peut-être.

ROUSSELET.

N'oublions pas surtout l'ordre de retenir
Tous ceux qu'en cet endroit le sort ferait venir.

JAQUIN.

Ah ! la place, je crois, sera long-temps vacante :
Ces chemins sont couverts, et ce qui les fréquente
N'est pas fort dangereux pour notre sûreté !
(Son de cor lointain.)
N'entends-tu pas ?

ROUSSELET.

Qui donc, par cette obscurité...?
Qu'est-ce que ce bruit-là?c'est comme un cor,c'est drôle!
A nos postes, Jacquin, le mousquet sur l'épaule.

JAQUIN.

C'est convenu. (Autre son de trompe plus près.)

ROUSSELET.

Je crois qu'on vient de ce côté.

JAQUIN.

Tant mieux ! nous connaîtrons plus tôt la verité.
(Son de trompe à deux pas.)

ROUSSELET.

On se fraie un chemin à travers la broussaille.
Toi là... (Il lui indique le coin à gauche.)

JAQUIN.

J'y suis.

ROUSSELET.

Moi là. (Il se cache à droite.)

SCÈNE II.

LES MÊMES CACHÉS, CHARLES IX.

CHARLES.
　　　　　　　Par où faut-il que j'aille ?
Partout des embarras, et pas un seul sentier !
Peste soit du poltron ! Ce coquin de Gautier...
Ah ! si je le tenais ! Je rappelle, je sonne,
Je crie, et je ne suis entendu de personne.
Cette forêt est belle, il faut en convenir.
　　　　　(Il l'examine en connaisseur.)
Bien ! avec mes piqueurs j'y pourrai revenir.
Et pas un bûcheron pour m'indiquer la route !
　　　　　　(Il écoute.)
Voyons... si par hasard... C'est en vain que j'écoute...
Une heure, une heure au plus de chemin dans le bois,
Me disait ce coquin, en voilà plus de trois !
　　　　　(Il s'assied sur le banc.)
Nous entrions à peine en cette forêt sombre,
Soudain d'hommes armés paraît un petit nombre :
Ne pouvant soutenir cet aspect effrayant,
Mon Gautier perd la tête, et se sauve en criant :
Les huguenots ! Tavanne accourt, s'avance, frappe,
On se défend, on fuit, il poursuit, on s'échappe ;
Il court, je veux le suivre... impossible : à la fin

Je me retrouve seul, errant, mourant de faim...
Me voilà bien puni ! maudite nonchalance...!
Dans mes veines mon sang et bouillonne et s'élance,
Et quand paraît ma mère, il s'arrête glacé !
Non, il n'en sera plus ainsi ! je suis lassé
D'obéir ! je suis roi de nom, mais je veux l'être
De fait ; qui donc peut dire ici : Je suis le maître ?
Je veux ? Moi seul... Marie, ô toi, mon doux espoir !
C'est toi qui me rendras digne de mon pouvoir ;
Des nœuds secrets d'abord, mais un jour authentiques...
Pourvu que seulement ces brouillons d'hérétiques
Ne viennent pas encor tout mettre en désarroi.
Ces maudits huguenots !

JAQUIN (bas à Rousselet).

C'est un des gens du roi.

CHARLES.

Je suis bien fatigué... tâchons de faire un somme
En attendant le jour. (Il tâte le banc.)

Ce n'est pas un lit comme
Celui du Louvre... Quoi ! Parfum délicieux !
(Il trouve le pâté et le vin.)
Comment ! du vin aussi ! c'est un présent des cieux.
Sans doute, quelque saint, ému de ma souffrance,
A fait ce miracle... Eh pardieu ! le roi de France
En vaut, je crois, la peine, et le ciel, sur ma foi,
En a fait pour des gens qui valaient moins que moi.
Allons ! soupons : tout seul ? Je voudrais un convive.

JAQUIN et ROUSSELET.

Qui vive !

CHARLES.

Oh ! oh ! (Il sent le canon du mousquet.) ils sont armés !

JAQUIN.

Mordieu, qui vive !

CHARLES.

Moi !

JAQUIN.

Qui, toi ?

CHARLES (impatienté).

Moi, vous dis-je.

JAQUIN.

Et tu vas ?

CHARLES.

Au Hallier.

ROUSSELET.

Quel es-tu ?

CHARLES.

Je suis un des gens du chevalier
De Touchet. (A part.) Prenons garde, il faut de la prudence,

JAQUIN (riant).

Chevalier de Touchet ! voilà bien l'impudence
La plus complète... Ah ! ah ! comment ! Touchet aussi,
Chevalier ? C'est trop fort ! pour l'appeler ainsi,
Attends donc que le roi de France se rabaisse
Jusqu'à nommer sa fille ou marquise ou duchesse.

CHARLES (avec colère à part).

Misérable ! (Haut.) Qui donc peut ici s'arroger
Le droit de me répondre et de m'interroger ?

JAQUIN.

Des proscrits !

ROUSSELET.

Des proscrits !

CHARLES (à part).

Des huguenots, sans doute,
Bon Dieu!(Haut.)Voudriez-vous m'apprendre quelle route
Je dois tenir ?

JAQUIN.

Jusqu'à ce qu'on ait éclairci
Tes projets , il faudra que tu restes ici.

(A Rousselet.)

Vas apprendre au conseil cette rencontre étrange ;
Qu'un piquet de soldats auprès d'ici se range ;
Je vais pendant ce temps garder ce cavalier.

(Rousselet sort.)

SCÈNE III.

JAQUIN, CHARLES.

JAQUIN (riant).

Messire lieutenant d'un noble chevalier...

CHARLES.

Il n'est pas généreux de me faire une offense ,
Quand vous êtes armé , quand je suis sans défense :
A votre prisonnier vous devez du respect.

JAQUIN.

Soit ; mais , à parler vrai , tu m'es un peu suspect :
Plus je t'entends parler et plus je t'examine,...
D'un officier du roi tu m'as toute la mine :
Nous , nous sommes proscrits ; en cette qualité ,
Nous désirons pourvoir à notre sûreté.

4

CHARLES (à part).

Si jamais... (Haut.) A qui donc voulez-vous me conduire?

JAQUIN.

A nos chefs... Ton procès sera court à s'instruire.

CHARLES (s'asseyant).

Ah ! je suis harassé de fatigue et de faim.

JAQUIN.

Puisque Dieu t'a pourvu d'un odorat si fin ,
De ces provisions fais ton profit, mon brave :
Je vais t'imiter.

CHARLES.

Soit. (Il se remet au pâté.) Excellent !

JAQUIN (lui offrant la bouteille).

Votre cave
N'en a pas de meilleur : en usez-vous?

CHARLES (buvant).

Merci.
C'est à votre santé. (Il lui rend la bouteille.)

JAQUIN (buvant).

C'est à la vôtre aussi.

(Un moment de silence, pendant lequel ils mangent avec appétit.)

SCÈNE IV.

LES MÊMES , ROUSSELET.

(Rousselet s'approche de Jaquin, et lui dit un mot à l'oreille.)

JAQUIN (au roi).

Monsieur, on a besoin de vous, il faut nous suivre.

CHARLES.

Où donc?

JAQUIN.

Vous le saurez.

CHARLES.

Si Dieu ne me délivre !

JAQUIN.

Calme-toi, nous serons justes, surtout humains ;
Tes juges ne sont pas catholiques-romains.

(Il sort avec Charles.)

SCÈNE V

ROUSSELET (seul).

Il n'a pas l'air méchant, ce jeune homme ; il m'afflige :
Mais on court des dangers et la prudence oblige...
Quelle corvée ! Au moins , au lieu de dévorer,
S'ils m'avaient laissé là de quoi me restaurer.

(Il se met à manger aussi.)

Tiens, encor du pâté ! c'est beau ! ma faim avide
Demande... et la bouteille ! ah ! néant ! elle est vide !

(Il est interrompu par Gautier, qui , arrivé du fond, est effrayé par le qui
vive d'un factionnaire, et ne sachant où donner de la tête, vient tomber
aux pieds de Rousselet.)

SCÈNE VI.

ROUSSELET, GAUTIER.

GAUTIER (à genoux).

Ah ! monsieur l'hérétique !

ROUSSELET (se levant avec surprise).

Hein ?

GAUTIER (tremblant).

Ne me tuez pas ;
J'ai là ma femme avec trois enfans sur les bras,
Et je ne voulais pas, foi d'homme pacifique...

ROUSSELET.

Allons! allons! debout, avec ton hérétique...
Quel es-tu ?

GAUTIER (se levant).

Qui je suis? je m'appelle Gautier,
D'Orléans, et je suis bourgeois de mon métier :
Je n'avais pas vraiment le dessein de vous nuire.

ROUSSELET.

Qui t'amenait ici ?

GAUTIER.

J'allais...

ROUSSELET.

Eh bien !

GAUTIER.

Conduire...

ROUSSELET.

Qui ?

GAUTIER.

Le...(Bas.) ne nommons pas...(Haut.) un charmant cavalier
Mon cousin.

ROUSSELET.

Mais où?

GAUTIER.

Dame ! au château du Hallier.

ROUSSELET.

Au Hallier? c'est étrange! ils y vont tous... peut-être
Tu guidais l'officier que l'on vient...

GAUTIER (avec orgueil).

C'est mon maître.

ROUSSELET.

Que l'on vient d'arrêter, et qu'on mène là-bas?

GAUTIER (rapidement).

Vous l'avez arrêté? je ne le connais pas.

ROUSSELET.

Tant mieux pour toi, mon cher: l'affaire n'est pas bonne:
S'il ne répond pas bien, s'il est ce qu'on soupçonne,
Gare à lui!

GAUTIER.

Mais alors que sera-t-il?

ROUSSELET.

Pendu.

GAUTIER (frissonnant).

Oh!

ROUSSELET.

S'il te connaît, gare à toi.

GAUTIER.

Je suis perdu!
Maudite ambition qui m'a tourné la tête!
Ma femme l'a bien dit, je ne suis qu'une bête!

ROUSSELET.

Qu'avez-vous donc ainsi seul à vous désoler?

GAUTIER (à part).

Si je pouvais lui faire un conte, et m'en aller.
(Haut.) Je ne suis pas de ceux dont l'âme basse et vile...

Je suis un citoyen estimé dans la ville.

(A part.) J'ai très bien fait, je crois, de me montrer un peu.

(Un factionnaire crie.)

Qui vive !

UNE VOIX.

      Ami.

ROUSSELET.

    Qui vive ? halte là !

SCÈNE VII.

Les mêmes, GYVÈS.

GYVÈS.

Vive Dieu

Et la réforme !

ROUSSELET.

Eh ! quoi, vous venez sans escorte...?

GYVÈS.

Vous êtes en danger ; quant au mien, peu m'importe !

ROUSSELET.

La ville semblait-elle agitée en partant?

GYVÈS.

Charles neuf y paraît et l'on tremble.

ROUSSELET.

J'entend.

Sans doute il vient chercher de nouvelles victimes :

Comme on traîne son ombre, il amène des crimes.

GYVÈS.

Eh bien ! nous souffrirons encore : L'échafaud

N'est qu'un degré de plus pour s'élever là-haut :

La persécution, propice aux consciences,
Dans le sang des martyrs fait grandir les croyances.

ROUSSELET.

D'un avis général nos chefs ont résolu
De vous donner sur nous un pouvoir absolu ;
De votre esprit prudent la sagesse éprouvée...

(Mouvement de Gyvès.)

Je vais leur annoncer votre heureuse arrivée.

(Il sort.)

SCÈNE VIII.

GYVÈS, GAUTIER.

(Gyvès, sur le banc, rêve la main sur le front ; Gautier s'avance vers lui
avec l'air suppliant ; Gyvès d'abord ne le voit pas, mais peu à peu Gautier s'approche de lui ; enfin ils se trouvent en face : alors Gyvès lève
les yeux, et, le voyant devant lui, paraît surpris.)

GYVÈS.

Vous ici?...

GAUTIER.

Je guidais l'officier qui cherchait
Le château de monsieur de Touchet.

GYVÈS (étonné).

De Touchet !

GAUTIER (à part).

Maladroit! (Haut.) J'obéis... et je dois me soumettre.

GYVÈS.

Qui donc t'envoyait là ?

GAUTIER (avec fierté).

L'ordre du roi, mon maître.

GYVÈS.

L'ordre du roi !

GAUTIER.

Mais, oui, pourquoi? je ne sais pas.
Dans la forêt à peine avions-nous fait deux pas,
Voilà que nous trouvons un piquet qui s'apprête...
Je pousse un cri.. mais un cri... l'on nous dit : Arrête!
Ah! bien oui, pas si sot ! je les laisse crier :
Voilà que je me sauve: on aurait beau prier,
C'est fini : du moment qu'il s'agit de la vie...
Rentrer dans Orléans, j'en avais bien envie;
Mais j'ai dit : Revenir sans le... sans l'officier
Enfin... on me pendra pour me remercier :
Si, d'un autre côté, je vas me laisser prendre
Des huguenots... je sais qu'ils sont gens à me pendre :
Ma foi, je me résume, et pendu pour pendu,
Autant vaut-il savoir s'il est vraiment perdu.
Je suis dans la forêt une route secrète,
Et je m'arrête ici, c'est-à-dire on m'arrête...
Ah ! monsieur de Gyvès, vous un homme de Dieu,
De grâce, permettez que je quitte ce lieu :
Laissez-moi retrouver mes enfans et ma femme :
(Il veut se mettre à genoux, Gyvès l'en empêche.)
A genoux devant vous, je jure sur mon âme,
Quand on viendrait m'offrir le plus brillant emploi,
De ne plus me mêler de l'Etat ni du roi.

GYVÈS (se ravisant).

Le roi ! que me dit-il? Sais-tu ce qui l'amène?

GAUTIER (avec mystère).

Tout pourra s'éclaircir avant une semaine.

(A part). Il faut lui faire peur, il me respectera.
(Haut). Il a de grands projets.

GYVÈS.

Et lesquels?

GAUTIER (avec importance).

On verra:
Ceux qui résisteront en pourront voir de belles ;
On saura les punir.

GYVÈS.

Oui , j'entends, les rebelles...
Le terme approche ; il est las de dissimuler :
C'est assez.

GAUTIER (voulant partir).

C'est assez ! je puis donc m'en aller?
Au revoir, monsieur.

GYVÈS.

Reste , on ne veut pas te nuire.

GAUTIER (résigné).

Allons.

GYVÈS.

Quel officier allais-tu donc conduire?

GAUTIER (résigné).

Je ne sais trop quel est au juste son emploi.

GYVÈS.

Où donc est-il ?

GAUTIER.

Il est prisonnier comme moi:
Votre conseil là-bas le juge et le tracasse,
Et c'est un homme mort, si la corde ne casse.

GYVÈS.

Quelle imprudence ! Ah ! si dans ce péril pressant,
Pour atteindre un coupable, ils frappaient l'innocent !
N'ajoutons pas ce crime aux crimes qu'on déplore,
Et courons le sauver, s'il en est temps encore.
(A Gautier). Ne m'accompagne pas, on veillera sur toi.

(Au factionnaire, en lui montrant Gautier.)

Vous entendez... C'est bien...

(Il sort.)

SCÈNE IX.

GAUTIER (seul).

On veillera sur moi :
Je comprends, c'est-à-dire empêchez que cet homme
Ne s'enfuie, et s'il veut décamper qu'on l'assomme.
Si Monsieur de Gyvès reconnaissait là-bas
Le roi, nous en verrions du bruit et des débats.
Si j'avais seulement quelqu'un de mon escorte,
Mes grands cinquanteniers me prêteraient main-forte :
Avec eux, bons soldats, par ma voix enhardis,
Je n'en craindrais pas vingt, je n'en craindrais pas dix :
Je voudrais les voir là, ces sans-cœur d'hérétiques :
Comme on leur taillerait leurs carcasses étiques !

(Il montre un air belliqueux ; il entend du bruit et reprenant sa terreur.)

Mais voilà qu'on revient, c'en est fini de moi :
Mon pauvre ami Gautier, dis ton acte de foi,
Recommande ton âme au ciel, aux saints apôtres,
Et tâche d'achever au moins tes patenôtres.

(Il recommence à trembler, et se tenant effacé près du banc, il marmotte
des prières.)

SCÈNE X.

GAUTIÉR, *caché à demi ;* CHARLES IX, GYVÈS.

GYVÈS.

Encor deux pas : la route est auprès. (Il la lui montre du doigt.)

CHARLES.

Ecuyer,

Comm ent d'un tel bienfait pourrais-je vous payer ?

GYVÈS.

Les chefs m'ont investi de la toute-puissance,
Et j'en use d'abord pour sauver l'innocence !
Vous ne pouvez pas être un espion.

CHARLES.

Oh , non.

GYVÈS.

J'ai répondu de vous sans savoir votre nom.

CHARLES.

Je n'oublîrai jamais ce généreux service.

GYVÈS (avec modestie).

Ah !

CHARLES.

Je respire encor , grâce à votre justice :
Le ciel à mon secours vous a fait accourir ,
Et , comme un criminel , sans vous j'allais périr.

GYVÈS.

Exemple d'injustice , acte d'intolérance ,
Que vous donnez souvent , juges du roi de France !
Que de gouttes de sang sur son royal manteau !
Que de malheurs !

CHARLES (ému).

C'est vrai !

GYVÈS (n'osant nommer le Hallier).

Vous alliez au château...?

CHARLES.

Qui vous l'a donc appris ?

GYVÈS.

Mais c'est un pauvre diable ,
A qui nous inspirons une crainte effroyable ,
Qui vous servait de guide et qui tout alarmé...

CHARLES.

Et son nom? (à part.) Il paraît qu'il ne m'a pas nommé.

GYVÈS.

Il doit être ici près.

GAUTIER (rassuré par la tournure du dialogue).

L'instant est favorable :

Paraissons ! (Il s'avance avec aplomb.)

GYVÈS.

Le voici.

CHARLES (à Gyvès).

Quoi ! c'est ce misérable
Dont la terreur stupide?...

GYVÈS (à Gautier).

Approche donc , peureux !
Réponds : connais-tu cet officier ?

CHARLES.

Malheureux !
Oses-tu bien encor? (Il s'avance vers lui avec fureur.)

GAUTIER (se précipitant à genoux).

Pardon ! excuse ! sire ,

Que Votre Majesté...

GYVÈS (étonné).

Le roi ! que veux-tu dire ?

Cela ne peut pas être...

(Il s'approche du roi et l'examine.)

Ah ! cependant c'est lui !

Quel projet près de nous vous amène aujourd'hui ?

Mais oui , c'est Charles neuf !... et plus je le regarde...

Le voilà sans appui , sans escorte , sans garde !

Qu'un roi seul est petit ! Me connaissez-vous bien ?

CHARLES (avec dédain).

Fréquentez-vous parfois la cour ? je n'en sais rien.

GYVÈS.

Jamais des courtisans je n'ai grossi le nombre :

Notre séjour , à nous , c'est un cachot bien sombre ,

Où l'on trouve , entourés de gardes , de barreaux ,

En entrant la torture , en sortant les bourreaux.

Les autres dans les bois disputent leurs refuges

A des loups affamés , plus humains que vos juges ;

Car , au gré du pouvoir toujours prêts à ramper ,

Les tribunaux sont là pour proscrire et frapper.

CHARLES.

Sujet séditieux ! quelle est cette arrogance ?

Ton pouvoir d'un moment fait ton extravagance :

Je suis entre tes mains , et tu peux m'outrager ;

Mais les rois ont toujours le temps de se venger ,

Et , lorsqu'aux pieds du trône écoutant ta sentence....

GYVÈS.

Moi, si je te voyais sur ton trône de France,
Le sceptre en main, de force et d'éclat revêtu,
Je te dirais encor : Roi de France, crois-tu
Que le ciel t'accorda la royauté puissante
Pour briser tes sujets sous ta verge sanglante?
Dieu t'a donné nos corps pour appuis, pour soutiens ;
Notre richesse est tienne, et nos jours sont les tiens :
Mais, à ta volonté ployant toutes croyances,
A-t-il à ton pouvoir soumis nos consciences?
Non : libre de son Dieu, l'homme est libre en sa foi.
En vain pour imposer ton autel et ta loi,
Ta rage, divisant nos villes enflammées,
Déploîra contre nous la force des armées !
Des débris dispersés de tes grands bataillons,
Le souffle du Seigneur jonchera les sillons.
En attendant ce jour, victime expiatoire,
Tu vas mourir ici sans honneur et sans gloire.
                    (Étonnement du roi.)
Ces prêtres, qui d'un mot apaisent le remord,
Ne t'assisteront pas sur ta couche de mort :
On ne les verra pas, dans ta pompe dernière,
A ton funèbre char murmurer la prière ;
Et Saint-Denis, des rois vain et dernier orgueil,
Ne se r'ouvrira pas pour ton royal cercueil.
Ta tombe est pour jamais où va finir ton règne.
Recommande ton âme à Dieu seul, et qu'il daigne
La prendre, si ton cœur n'est pas trop criminel
Pour paraître sans honte à son trône éter   el.

CHARLES.

Laisse-moi donc avec Dieu seul, avec moi-même.

GYVÈS (allant au fond).

Allons !

CHARLES (à genoux).

Saints du royaume ! ah ! si mon zèle extrême
Vous a souvent donné tant de marques de foi,
Implorez, obtenez un miracle pour moi.
C'en est fait, plus d'espoir, et mourir sans qu'un prêtre...
Et sans confession... me voir damné peut-être...
(Deux hommes s'approchent et mettent la main sur lui.)
Ah ! je remets mon âme entre vos mains, mon Dieu !
Adieu, trône de France, et toi, Marie, adieu !

GAUTIER (anéanti et tremblant dans son coin).

Allons ! c'est à mon tour ! je sens déjà la corde !
Veuille le ciel me faire aussi miséricorde !

GYVÈS (cherchant à s'animer).

C'est justice ! je suis content ! je suis vengé !
Il expie en mourant mon amour outragé !
Celle que j'adorais, lui seul me l'a ravie !
Marie ! elle m'était plus chère que la vie !
Meurs donc ! je sauverai de ta proscription
Mes frères, mes amis, et ma religion.
Et ma religion !... ah ! ce mot...! Que m'ordonne
L'Evangile ? que dit notre Sauveur ? Pardonne,
Pardonne, malheureux ! si tu veux qu'en retour
Dieu qui mourut pour toi te pardonne à son tour.
Pour tous tes ennemis oubli ! grâce ! indulgence !
Ce n'est qu'à Dieu lui seul qu'appartient la vengeance !

Anathème trois fois à l'homme qui proscrit !
Pardonnons, c'est la loi, la loi de Jésus-Christ !

CHARLES.

Vous tardez bien long-temps à frapper la victime !

GYVÈS.

Ah ! je ne rougis pas de réparer mon crime !
(Aux gardes qui sortent).
Arrêtez. O mon roi, je tombe à vos genoux !
(Il se jette aux genoux du roi.)
J'écoutais les transports d'un injúste courroux !
Mais la religion que j'oubliais m'éclaire ;
La foi r'ouvre mes yeux que fermait la colère ;
Vivez, et loin d'ici souvenez-vous toujours
Qu'un proscrit put vous perdre et qu'il sauva vos jours.

CHARLES.

Que dites-vous? grand Dieu! quelle est donc la puissance..?

GYVÈS.

J'ai cru que Dieu parlait, car j'entendais : clémence !

CHARLES.

Un protestant ! je reste interdit, combattu !
C'est d'eux que je reçois des leçons de vertu !

GYVÈS.

Sire, où trouverez-vous des sujets plus fidèles?
De résignation admirables modèles,
Chassés de nos emplois et du temple envahi,
Quand avons-nous trompé? quand avons-nous trahi?
Lassés de tant de maux et d'inutiles larmes,
Si nous nous rassemblons, si nous prenons les armes,
Pour défendre nos jours est-il d'autres moyens?
On ravage nos champs et l'on pille nos biens :

La maison paternelle est brûlée, abattue :
Partout on nous attaque, on nous frappe, on nous tue :
Pourtant qu'opposons-nous à nos persécuteurs?
Le courage à souffrir, la prière, les pleurs ;
Quand le roi, déchirant le sein de la patrie,
Des bourreaux contre nous excite la furie;
Quand le roi verse à flots notre sang, quand le roi
Nous poursuit, nous prions, nous mourons pour le roi,

CHARLES.

Comme ils m'ont abusé! par quelle adresse infâme...
Ah! vous avez porté la clarté dans mon âme!
Mais que puis-je? comment réparer tous ces maux?

GYVÈS.

Vous le pouvez toujours, sire ; dites deux mots!
L'oppresseur va pâlir devant ceux qu'il opprime :
La paix se rétablit : plus de sang, plus de crime!
Plus de meurtres! Du haut de votre royauté,
Dites : Temples pour tous, et pour tous équité!
Que chacun suive en paix son culte, sa croyance,
Et devant Dieu lui seul règle sa conscience!
Dites ces deux mots, sire, et tout vous bénira :
Ainsi que vos sujets le ciel applaudira.
Ne sommes-nous pas tous enfans du même père?
Au lieu de ramener, la rigueur désespère ;
Mais la sainte clémence a des accens vainqueurs
Qui dans un seul faisceau réunissent les cœurs.
Alors tout se confond dans la même espérance !
Au cri vive le roi, se relève la France,
La France! dont le cœur a toujours palpité
Lorsque vive le roi! veut dire : liberté!

5

CHARLES.

Jamais prédicateur, de sa chaire sacrée,
N'est entré comme toi dans mon âme inspirée !
Tu m'as sauvé! je veux, à tes conseils soumis,
Etre digne de toi : rassemble tes amis.

GYVÈS.

Quoi ! sire ?

CHARLES.

Je le veux.

GYVÈS.

Mais la prudence exige...
Leurs esprits animés.,.

CHARLES.

Rassemble-les , te dis-je !
Tu crains? eh bien !..

(Il sonne de sa trompe : les huguenots se réunissent de tous les côtés, et
le théâtre se remplit d'hommes, de femmes, de flambeaux, etc.)

SCÈNE XI.

CHARLES, GYVÈS, GAUTIER, PROTESTANS.

CHARLES.

Vous tous qui gémissez ici,
Peut-être accusez-vous Charles neuf : le voici !

TOUS.

Quoi ? le roi !   (étonnement général.)

CHARLES.

Je fais grâce à tous ceux qui naguères,
Ou vainqueurs ou vaincus, ont paru dans nos guerres :

Comme un gage certain d'attachement pour vous,
Je donne liberté de conscience à tous :
Professez librement vos croyances premières,
Et ne m'oubliez pas surtout dans vos prières.

GYVÈS.

O mon roi ! nous jurons, courbés à vos genoux
De vivre, de prier et de mourir pour vous.

(Transports de joie des protestans, qui entourent le roi, lui baisent les
mains, remercient le ciel.)

CHARLES (mettant la main sur son cœur).

Ces cris ont pénétré dans mon âme attendrie !
Qu'il est doux d'être aimé ! courons revoir Mar

(Aux protestans avec amour.)

Enfans ! plus de combats ! la paix !

LES PROTESTANS.

Oui, le repos
Que le roi soit béni !

GAUTIER.

Vivent les huguenots !

(La toile tombe sur le tableau.)

FIN DU DEUXIÈME ACTE.

ACTE III.

Le théâtre représente une salle de château ; préparatifs de dîner, une table, des siéges, une chaise longue, une petite chaise, etc.

SCÈNE PREMIÈRE.

TOUCHET, DOMESTIQUES.

TOUCHET (très affairé).

Ah ! voilà qui va mal !... non !... si cette rainure...

(Il consolide la table.)

Cette table commence à prendre une tournure,
Et ce qu'on servira dessus, soigné par moi,
Cela suffit : au fait, quand on reçoit un roi !
Un roi surtout qui va devenir notre gendre...
Notre gendre ! Je crois que ceci va surprendre
Bien des gens... Ah ! d'avance il faut ici classer
Le discours qu'en entrant je dois lui prononcer :
Voyons ! étudions : étudions veut dire,
Composons ; composer... voilà pour moi le pire.
Si j'avais un discours tout fait, par ce moyen,
Je n'aurais pas de peine à composer le mien.
Lui, mon gendre !... ah ! jamais aurais-je eu l'espérance
De faire quelque jour souche de rois de France !

C'est bien clair... les enfans de ma fille seront
Réservés pour le trône , et lorsqu'ils deviendront
Rois , ils m'appelleront : bon papa !... Quand j'y pense ,
Les enfans de Touchet seront des fils de France !
Quelque jour on dira , d'avance j'en jouis :
La maison de Touchet , la maison saint Louis :
Et si de mes neveux la race croît et gagne ,
Je serai grand-papa d'un petit Charlemagne.
En attendant il faut , pour ne pas balancer ,
Revenir au discours que je dois prononcer.
Hum ! hum !... «Sire...» bravo ! voilà que je compose ;
Faut-il parler en vers ? non , c'est plus beau la prose :
«Quand Votre Majesté..» c'est bien; maintenant... quoi ?
Je vous demande un peu , qu'a fait de beau le roi ?
Ah ! j'y suis : « de son choix honorant ma famille ,
Quand Votre Majesté daigna choisir ma fille...»
Bravo ! c'est très bien... Ah ! voilà Sa Majesté !

SCÈNE II.

TOUCHET, MARIE.

MARIE (inquiète au dernier degré).

Comment, encor personne! oh ! quelle anxiété !
Contre tous les dangers que le ciel le soutienne!
Mon Dieu , prenez ma vie et conservez la sienne.

TOUCHET.

(Aux domestiques qui entrent étonnés et sans dire mot.)

Que voulez-vous ? d'où vient cet air? pourquoi cela ?
Ah ! c'est lui, je comprends... le voilà.

MARIE.

Le voilà ?

Je respire !...

TOUCHET.

Prends garde, une joie aussi vive

Est funeste.

MARIE.

Mon Dieu, vous voulez que je vive !

TOUCHET (à Marie).

Voilà le beau moment de lancer mon discours ;
Sans doute que j'aurai besoin de ton secours :
J'aurais dû, je le sens, essayer de l'écrire ;
Mais tu me souffleras, si je ne sais que dire.

MARIE.

Moi, je ne sais qu'un mot, et mon cœur transporté...
(Touchet s'avance vers la porte et commence son discours à demi-courbé.)

SCÈNE III.

Les mêmes, CATHERINE, RÉNÉ.

TOUCHET.

Sire, depuis le jour où Votre Majesté,
Elevant jusqu'à nous la grandeur souveraine...
(A Marie).
Quand votre.... Souffle donc !

CATHERINE (le repoussant).

Quel est ce fou ?

TOUCHET (étonné).

La reine!

MARIE (anéantie).

Je suis perdue !

CATHERINE (avec colère).

Ainsi, c'est peu d'un attentat
Qui compromet le sort du prince et de l'état,
Il fallait, de vos yeux essayant la puissance,
Inspirer à mon fils la désobéissance.

MARIE (avec quelque fermeté).

Madame !

CATHERINE (toujours irritée).

Je connais vos désirs et vos vœux :
Mais il n'arrivera rien, que ce que je veux.
Mon fils est-il venu?

MARIE.

Le roi...

CATHERINE.

Cessez de feindre ;
Je vous prouve, en venant, tout ce que j'ai dû craindre.
Gardez-vous de braver plus long-temps mon courroux ;
Ma fureur est au comble... Allez, retirez-vous.

(Marie sort avec son père qui la soutient.)

SCÈNE IV.

CATHERINE, RÉNÉ.

CATHERINE.

Ah ! si je n'écoutais que ma juste colère!
Enfin... métier de roi ! véritable galère!
Tout est prêt : et mon fils, pour cette folle-là

Trouble tout : contre-temps ! mais pourtant nous voilà
Chez elle : pour l'instant j'y suis bien affermie :
C'est une invasion sur la terre ennemie ;
C'est un fort que j'attaque et qu'il faut emporter ;
Nous n'avons qu'un moment , je veux en profiter...
D'abord que décider de cette péronelle ?
Elle me gêne.

RÉNÉ.

Alors , c'est être criminelle.
Il est mille moyens puissans , accoutumés...

CATHERINE.

Quel est le plus certain ?

RENÉ.

Mais des gants parfumés....

CATHERINE.

C'est un expédient dont il faut être avare :
Dernièrement encor, la reine de Navarre....

RÉNÉ.

Un bon coup de poignard appliqué par un poing
Ferme. (Il montre à la reine son poing.)

CATHERINE.

Il laisse une trace.

RÉNÉ.

Oui, (Il rit.) je n'y songeais point.
Mais au lieu des moyens visibles, d'un usage
Dangereux quelquefois, ne pourriez-vous, plus sage,
Lui faire partager jusqu'à votre intérêt ?
Offrez à son orgueil l'appât d'un nœud secret.

CATHERINE.

Un mariage !

RÉNÉ.

Eh ! oui.

CATHERINE.

J'ai peine à vous comprendre...

C'est le dernier parti.

RÉNÉ.

C'est le premier à prendre.

CATHERINE.

Pourquoi?

RÉNÉ.

Promettez-lui d'abord de les unir.

CATHERINE.

Une promesse ?

RÉNÉ.

Est-on forcé de la tenir ?
Nous avons le talent de lever les scrupules.
Proposez-lui d'abord : les enfans sont crédules ;
Vous ferez même plus : vous tiendrez le serment...
Quant aux suites, c'est moi qui m'en charge.

CATHERINE.

Comment?

RÉNÉ.

Regardez. (Il tire de sa poche une petite boîte.)

CATHERINE (la flairant.)

Du poison!

RÉNÉ.

Oui, celle qui vous gêne
Ira voir dans es cieux ce que peut votre haine !

CATHERINE.

Bien ! quand il le faudra je vous réclamerai.
(En confidence).
Ce n'est pas de ceux-là que je me servirai.

RÉNÉ.

Vous voyez que je suis homme de prévoyance.

CATHERINE.

Et moi donc, pour répondre à votre bienveillance,
Dans ce royal bijou si je vous faisais voir...
(Elle ouvre son aumônière et lui montre une petite fiole.)

RÉNÉ.

Quoi ! du poison !

CATHERINE.

Docteur, on sait aussi prévoir.

RÉNÉ.

Vous en remontreriez aux docteurs en chimie.
Ainsi, c'est convenu : touchant votre ennemie,
Sachons au même but travailler de concert :
Vous commandez la noce, et je fais le dessert.

CATHERINE.

La route la plus douce est aussi la meilleure ;
Essayons-en : elle est sans doute là qui pleure.
Mon langage aura pu lui causer quelque émoi ;
Je saurai l'apaiser : envoyez-la vers moi ;
Je fais à la pauvrette une brillante aumône:
Il n'est pas de dépit qui tienne contre un trône.
(Réné sort.)

SCÈNE V.

CATHERINE (seule).

Cette petite... elle ose... Eh bien! il faudra voir!
Elle ose à Médicis disputer le pouvoir !
A moi! reine! un enfant! d'hier à peine au monde!
Elle veut partager... mais qu'elle me seconde.
Il faut par son adresse obtenir que le roi
Signe l'ordre important que je garde avec moi!
Enfin, il faut du roi vaincre le résistance :
Ah! j'en triompherai... Dire que l'existence
De plus d'un million d'hommes dépend d'un trait
De plume...
             (Elle fait le geste d'une signature.)
        Voilà tout ! Médicis règnerait !
Pour monter à ce faîte où m'emporte mon âme,
Je dois tout employer jusqu'aux pleurs d'une femme.

SCÈNE VI.

CATHERINE, MARIE.

CATHERINE (avec douceur).

Ah! vous voici... venez, venez donc : je vous ai
Fait grand'peur ; mais pardon... Mon esprit abusé
Sur vous, sur vos projets : c'est bien mal, la vengeance·
Quand on est si jolie, on a de l'indulgence.

MARIE (étonnée).

Tant de bonté pour moi! comment justifier
L'accueil?... (à part.) Elle me flatte, il faut s'en défier.

CATHERINE (lui montrant une chaise).

Asseyez-vous.

MARIE.

Madame.

CATHERINE.

Allons, soyez assise;
Je le veux : maintenant parlons avec franchise.

MARIE (à part).

Elle va me tromper.

CATHERINE.

Nous savons que le roi
Vous aime ; vous l'avez soumis à votre loi :
C'est flatteur pour l'orgueil, et plus d'une duchesse
Donnerait pour ce rang son titre et sa richesse.
Du haut de ce bonheur, qui fait tant de jaloux,
Si vous jetez pourtant les yeux autour de vous,
N'avez-vous pas pensé qu'il est un rang suprême,
Tel qu'il vous serait doux d'y parvenir vous-même?

MARIE.

Et quel rang, s'il vous plaît, madame? Je ne voi
Que mon souverain seul qui soit plus haut que moi;
Que m'importe après tout l'éclat qui l'environne?
Ce que j'aime, c'est lui, ce n'est pas sa couronne :
Car ce monde, où je passe en détournant les yeux,
Est sans lui les enfers, mais avec lui les cieux :
S'il existe autre part un bonheur, je l'ignore,
Et mon cœur est trop plein pour désirer encore.

CATHERINE (à part).

Sa ruse et son esprit surpassent sa beauté !
(Haut). Mais l'amour le plus tendre a sa fragilité.

Jeune, à cet âge ardent où les regards de femmes
Dans un cœur entr'ouvert dardent toutes leurs flammes,
Au milieu d'un essaim caressant, amoureux,
Un roi qui n'a qu'à dire un mot pour être heureux,
Oubliant ses sermens et jusqu'à votre image,
Aux pieds d'autres beautés va porter son hommage;
Et votre sexe alors, qu'outragea votre amour,
Punit par le mépris vos triomphes d'un jour.

MARIE.

Les poètes alors qu'à sa cour on célèbre
Pourront sur mon tombeau graver un chant funèbre.

CATHERINE. (avec vivacité).

Croyez-vous que l'on meurt quand on perd un amant?

(Elle revient plus calme et d'un ton caressant.)

Faudra-t-il à la fin s'exprimer clairement?
Un mot peut ébranler cette âme si sereine;
Répondez : entre nous, voulez-vous être reine?

MARIE.

Reine, madame?

CATHERINE.

Eh! oui.

MARIE.

Pareille dignité!
Me parlez-vous, madame, avec sincérité?

CATHERINE.

Par cette question vous me faites injure;
Si je vous le jurais...

MARIE.

Je craindrais un parjure.

CATHERINE.

Du serment d'une reine oseriez-vous douter?

MARIE.

Je connais Médicis, et dois tout redouter.

CATHERINE (à part).

Insolente! elle sent combien j'ai besoin d'elle.

(Haut et avec douceur.)

Je dois , pour vous prouver que je serai fidèle,
Parler à cœur ouvert : voyant ma bonne foi,
Si je me fie en vous, fiez-vous donc en moi.

(Avec gravité.)

Nouvellement éclose au sein de l'Allemagne,
L'hérésie, amenant la guerre sa compagne,
Quelque temps dédaignée et timide d'abord,
Marche comme un torrent qui monte jusqu'au bord.
Du pape et de l'église affrontant l'anathème,
Dans ses saints attributs elle attaque Dieu même;
Accorde à nos sujets des pouvoirs et des droits;
Et sous leur diadème interroge les rois.
Cet esprit d'examen, d'orgueil, de tolérance,
Comme un poison subtil a filtré même en France;
Il menace à la fois prêtres et potentats!
Temple, autel, tout s'écroule, et les chefs des états,
Du volcan allumé redoutant l'étincelle,
Sentent craquer sous eux le trône qui chancelle.
Afin d'exterminer l'hydre qui veut surgir,
Quels ressorts employer? Comment faut-il agir?
Écoutez! écoutez! C'est moi qui prends le glaive :
Avant que quinze fois le soleil ne se lève,
Un invisible bras, par ma force conduit,
Comme l'ange vengeur frappera dans la nuit :
Bientôt refleurissant sous la sainte rosée ,

Notre religion , haletante, épuisée,
Reprendra sa vigueur dans un fleuve de sang :
Et sur le corps brisé de l'ennemi puissant ,
Grandiront plus brillans, après leur délivrance ,
La croix de Jésus-Christ et le sceptre de France.

MARIE.

A peine je reviens de mon étonnement !
(A part.)
Quelle horreur! je demeure interdite.(haut.) Comment?..

CATHERINE.

Tout est prêt...

MARIE.

N'est-il pas des obstacles ?

CATHERINE.

Qu'importe?
Secondez mes projets , et l'hérésie est morte.

MARIE.

Seconder vos projets , madame , mais en quoi ?

CATHERINE.

Rien ne peut s'accomplir sans un ordre du roi.

MARIE (à part, avec joie).

Bien! bien !

CATHERINE.

Qu'à consentir votre adresse l'entraîne,
Que le roi signe l'ordre , et vous devenez reine !

MARIE.

Reine !

CATHERINE.

Vous l'entendez ! qu'il signe , et dans ce lieu
Je tiendrai ma promesse en présence de Dieu.

N'allez pas abuser de notre confidence !
Je vous laisse y songer : surtout de la prudence !
Vous pouvez mériter le plus illustre sort :
C'est entre nous, Marie, à la vie ! (elle l'embrasse) à la mort
(Elle sort.)

SCÈNE VII.

MARIE (seule).

Ah ! je tiens en mes mains ma gloire et la puissance !
Vous à qui j'ai long-temps demandé l'indulgence,
Vous dont j'ai tant souffert les sarcasmes jaloux,
Voici, voici l'instant de me venger de vous !

SCÈNE VIII.

MARIE, CHARLES NEUF, GYVÈS, TAVANNE
TOUCHET *qui les introduit*, GAUTIER.

(Marie se jette dans les bras du roi.)
GAUTIER.

Ouf ! nous voilà sauvés, le roi, nous et la France
MARIE.

Charles, mon bien-aimé, combien ta longue absence..
(Elle voit Gyvès et s'arrête.)
GYVÈS (troublé par la joie de Marie).

Sire, permettez-moi de m'éloigner d'ici.
CHARLES.

Quoi ! vous auriez le cœur de nous quitter ainsi ?
GYVÈS.

Mais, sire !...

CHARLES.

Sommes-nous de ces gens qu'on évite?

Vous dînez avec nous!... (A Marie.) Tu consens? je l'invite.

(A Gyvès.)

Comme il compte sur vous, comptez sur votre roi ;

Vous n'avez pas d'ami plus dévoué que moi.

(Gyvès baise la main du roi et sort avec les autres.)

SCÈNE IX.

CHARLES, MARIE.

(Charles ôte son manteau, son épée, et pendant ce temps Marie rêve profondément.)

CHARLES (prenant la main de Marie).

Viens, Marie...

MARIE.

Ah ! pardon!

CHARLES.

Tu ne sais pas encore

Pourquoi Monsieur Gyvès est ici?

MARIE.

Je l'ignore.

Sans doute l'intérêt de Votre Majesté

L'exige... on peut compter sur sa fidélité.

CHARLES (souriant).

En répondrais-tu bien?

MARIE (effrayée).

Vous doutez... daignez croire...

CHARLES.

Je te garde à dîner une charmante histoire,

6

Véritable avant tout, qui doit t'intéresser...
Mais qu'as-tu donc ainsi toute seule à penser?
As-tu quelque chagrin de me revoir?... Oh! parle!

MARIE (lui donnant un baiser).

Tiens, voilà ma réponse! et maintenant, mon Charle,
  (Avec gravité.)
Je t'ai tout immolé, le monde, la vertu,
Jusques à mon repos, réponds-moi : m'aimes-tu?

CHARLES.

Eh quoi ! j'ai donc du ciel mérité l'anathème ?
Tu viens me demander, à moi, moi! si je t'aime...
Formes-tu quelques vœux que je puisse remplir ?
Veux-tu quelque duché qui puisse t'anoblir?
Veux-tu, pour entourer ta couche nuptiale,
De l'or ? j'ouvre à tes pieds ma cassette royale.
Te faut-il des châteaux ?.. parle... choisis d'abord,
Entre Fontainebleau, Rambouillet... ah ! Chambord !
Chambord resplendissant de souvenirs de gloire ;
Chambord, dont les créneaux se mirent dans la Loire ;
Chambord, qui porte écrit sur ses larges vitraux
Le chiffre d'une femme et le nom d'un héros ;
Beaux lieux où des combats, déposant la bannière,
François premier languit près de la Féronnière!
Ce héros, cependant, fut moins heureux que moi :
Il n'était pas aimé d'aussi belle que toi !...
Choisis dans les palais dont Paris se fleuronne :
Que te faut-il encore? il reste ma couronne :
Prends-la... parfois son poids est lourd, et de ton front
Sous les dards épineux les charmes pâliront :

Mais tu le veux ! à toi, gloire, pouvoir suprême,
Tout enfin ! Maintenant croyez-vous qu'on vous aime?

MARIE.

Oui, tu m'aimes : j'en crois et ta bouche et tes yeux :
Mais il est un moyen de me le prouver mieux...
Ne signe pas.

CHARLES.

Quoi donc?

MARIE.

Ce que ta mère exige...

CHARLES.

Que dis-tu ? tu saurais?...

MARIE.

Ne signe pas, te dis-je.
Bien plus que la grandeur c'est toi que je chéris.
Charles, je ne veux pas l'obtenir à ce prix :
Parfois avec la honte on monte au rang suprême ;
Je veux que mon amant soit digne que je l'aime.
Ignorant quel trésor je t'avais accordé,
Quand je t'ai donné tout, je n'ai rien demandé :
Eh bien ! si l'abandon de toute une existence
Semble digne à tes yeux de quelque récompense,
Que ton glaive royal reste dans le fourreau ;
Sois le roi de ton peuple, et non pas son bourreau !

CHARLES.

Son bourreau !... qui t'a dit...? quel sentiment t'enflamme ?

MARIE.

Repousse l'acte affreux que Médicis réclame.
Je frémis, quand je songe à ses sanglans essais ;

Un roi français à mort condamner les Français !
Sans respect, sans pitié pour le sexe ou l'enfance,
Egorger, massacrer des hommes sans défense,
Et, quand leur loyauté se confie au sommeil,
Leur porter lâchement le trépas pour réveil !
Repousse, il en est temps, leur trame criminelle :
Ne couvre pas ton nom d'une haine éternelle ;
L'avenir pour les rois n'a pas de courtisans :
Il dresse des autels aux princes bienfaisans :
Mais son courroux vengeur, quand un tyran expire,
Jusqu'au fond du tombeau fouille pour le maudire...
Tu consens, n'est-ce pas ?... Sensible, généreux,
Charles épargnera ses sujets malheureux !
Ah ! ta bonté, mon Dieu, passe mon espérance ;
J'ai sauvé les Français, je suis reine de France !

CHARLES (après l'avoir regardée quelque temps avec amour).

Les rebelles en toi trouvent un bon soutien.

(Effroi de Marie.)

Eh bien donc ! mon désir s'accorde avec le tien.
Triomphe ! ta victoire est complète, éclatante :
De ton roi bien-aimé, Marie, est-tu contente ?...
Charme de la vertu, que vous êtes puissant !..,
Une bonne action nous rafraîchit le sang ;
Son souvenir partout nous suit, nous accompagne.
Dis, ne trouves-tu pas que l'amour même y gagne ?
Le remords n'est point là pour corrompre un désir,
Et le calme du cœur double encore le plaisir...
Viens, viens, plus près de moi ; mon Dieu, mon
          amour, livre
A mes baisers de feu ta bouche qui m'enivre !

Presse-moi palpitant dans tes bras amoureux :
Viens récompenser Charle en le rendant heureux !
(Marie résiste à peine aux caresses du roi.)

SCÈNE X.

MARIE, CHARLES, CATHERINE, *plus loin* RÉNÉ,
TOUCHET, GAUTIER.

CATHERINE.

Bien, très bien, mes enfans !

MARIE.

Ciel !

CHARLES.

Est-ce une chimère ?

Cette voix... quoi ! c'est vous, c'est vous ici, ma mère?
(Avec colère et crainte).

Vous me suivez partout...

CATHERINE.

Mon fils, il le faut bien,

Et je vous suis partout... comme un ange gardien.
Je veux votre bonheur : ai-je une autre pensée ?
(Bas à Marie.)

Qu'avez-vous obtenu ?... suis-je plus avancée ?

MARIE (bas à la reine.)

J'ai rempli mon devoir, vous le verrez.

CATHERINE (bas).

Merci.

CHARLES.

Qu'on prévienne Gyvès (Etonnement de Catherine.)

SCÈNE XI.

Les mêmes , GYVÈS *conduit par* TAVANNE.

CATHERINE.

Gyvès !

CHARLES (à la reine, après avoir été au-devant de Gyvès).

Souffrez... voici

L'un de mes bons amis que j'invite à la fête :
Homme de probité, de loyauté parfaite,
En l'accueillant ainsi, je ne l'honore pas :
D'avance il a payé son écot du repas.

CATHERINE (souriant de mauvaise grâce).

Monsieur...

(On se place à table, sur un signe du roi, dans cet ordre: Gyvès,
Catherine, Marie, Charles. Touchet sert en veillant au service. Tavanne y veille aussi. Gautier, qui entre et sort, rivalise avec Touchet
de zèle et d'importance. Catherine est fort occupée de la présence de
Gyvès. René est près de la reine, debout. On sort, on mange, etc.)

CHARLES (à Marie).

Ecoute bien : car voilà cette histoire
Que je t'ai promise... ah ! c'est un bel auditoire :
Qui sera le conteur ? (à Gyvès.) Eh bien ! quoi ?...

GYVÈS (voulant se lever).

Permettez...

CHARLES.

C'est trop de modestie ; allons, restez... restez.

(Gyvès se rassied : Charles continue.)

Pour rendre à votre esprit mon histoire plus claire,
Je vais faire parler un témoin oculaire.

(à Gautier.)

Raconte-nous cela, sans trouble, sans effroi.

GAUTIER.

Sire, permettez-vous que je parle de moi ?

CHARLES.

Oui, certes.

GAUTIER.

      J'en réponds, nous eûmes de l'ouvrage :
Le danger fut très grand, ainsi que mon courage.
Sans mon sang-froid puissant, l'affaire allait d'un train
Que la France eût bientôt pleuré son souverain.

CHARLES (riant).

Oui, je te dois beaucoup en cet instant critique.

GAUTIER.

Voici donc : nous marchions raisonnant politique,
Moi, puis Sa Majesté, puis l'officier…. Du fond
De la forêt, on dit : Qui vive?… Je confonds….
Non pas… c'est l'officier… qui se sauve et qui laisse
Sa Majesté… Soudain, honteux de sa faiblesse,
Contre les huguenots cachés dans la forêt,
Je m'élance… soudain tout cela disparaît :
Je les poursuis… Voilà que je rencontre un poste :
D'un ton d'autorité je m'avance ; il riposte :
Nous causons ; il me dit le pourquoi, le pourquoi :
Que l'on vient d'arrêter un officier du roi ;
Qu'il craint beaucoup pour lui le parti qu'on va prendre :
Et puis, cet officier, c'est le roi… qu'on veut pendre.

MARIE.

Grand Dieu !

CHARLES.

Bonne Marie !

GAUTIER.

Alors arrive là,

Devinez qui ? monsieur de Gyvès que voilà :
Qui reconnaît le roi , veut qu'on lui fasse grâce,
Pleure , crie et se jette à ses pieds qu'il embrasse !
Il était temps, ma foi , car déjà mon courroux...
Nombre de protestans fût tombé sous mes coups ,
Et Gautier à vos yeux n'eût voulu reparaître
Qu'après avoir sauvé son seigneur et son maître.

CATHERINE.

Quelle aventure !

CHARLES (à Marie).

Eh bien ?

MARIE.

Ah ! je le reconnais.

CHARLES (bas à Marie).

Tu vois, sans t'en douter , que tu me devinais ! (Haut.)
J'ai moi-même, abjurant ma vieille antipathie,
A tous les protestans accordé l'amnistie !

CATHERINE (à part).

Ah ! malédiction ! (Haut.) Oui , mon fils , en effet...
Il faut toujours en prince acquitter un bienfait.
Pour vous , monsieur Gyvès, cette action loyale
Vous assure à jamais notre estime royale.

GYVÈS.

Trop heureux, si je puis à Votre Majesté
L'offrir comme un garant de ma fidélité.

CATHERINE.

Je ne soupçonne pas que votre âme froissée
Conserve contre nous une arrière-pensée.

CHARLES (avec reproche).

Ma mère !...

CATHERINÉ.

En général, on sait que les esprits
Des rebelles...

GYVÈS.

Qui? nous? Nous sommes des proscrits.

CATHERINE.

La haine quelquefois bien long-temps nous anime :
Mais voyez... je vous donne une preuve d'estime,
De confiance enfin... car vous avez beau jeu,
Si vous étiez un traître... Il en faudrait si peu...
Les princes, vous savez, meurent comme les autres.

GYVÈS.

Je donnerais mes jours pour conserver les vôtres.
(Touchet tire le rideau qui cachait le transparent : il est éclairé, et on y
lit en lettres de feu : JE CHARME TOUT.)

TOUCHET (toussant pour faire regarder).

Hum ! hum !...

CHARLES.

Que vois-je ?

TOUS EN REGARDANT.

Ah !... ah !...

CHARLES.

Parfait... *Je charme tout.*
Pardieu ! monsieur Touchet, c'est d'un excellent goût.

CATHERINE (avec dépit).

Frivolité !

CHARLES.

Voilà de la galanterie !
Ce château, c'est vraiment un palais de féerie :

(A Marie).

Ces mots , de ton pouvoir emblème ingénieux,

Se lisent dans ton nom , je les trouve en tes yeux.

(Pendant que chacun est occupé à examiner le transparent, Catherine réfléchit. Tout-à-coup elle tire de son aumônière la petite fiole où se trouve le poison , et elle la glisse dans la poche du justaucorps de Gyvès : Réné est le seul de la société qui l'ait vue; il l'approuve et l'aide, les autres sont trop occupés du transparent. L'admiration ayant cessé, on se rassied pour continuer le dîner.)

CHARLES (à Touchet et à Gyvès).

De l'honneur, du bon goût vous êtes les modèles !

(Il se lève et le verre à la main :)

Buvons à la santé de mes sujets fidèles !

CATHERINE.

Oui, gloire au dévouement! haine à la trahison !

(Avec intention.)

Ah ! monsieur de Gyvès , vous me ferez raison.

GYVÈS (avec élan).

A la santé du roi! que le ciel le protège !

CATHERINE (regardant le ciel).

Vous l'entendez...

(Elle porte le verre à ses lèvres, l'avale tout entier, et le retirant soudain à sa bouche.)

Jésus ! quel étrange goût ai-je

Senti? Lorsque ce vin sur ma lèvre a passé !...

(A Gyvès.)

Est-ce le même vin que vous m'aviez versé?

Monsieur Gyvès !

CHARLES.

Comment !

GYVÈS (avec indifférence).

Selon toute apparence..

(Il goûte le sien.) Madame, je n'y trouve aucune différence.

(Catherine présente son verre au roi, qui le flaire et le remet sur la table avec un geste d'horreur.)

CATHERINE.

Aucune différence... En êtes-vous bien sûr?...
Au vôtre... je le crois... mais au mien... Il est dur
D'accuser... en effet... ce serait trop infâme...

GYVÈS.

Quoi ! Votre Majesté penserait... Ah! madame !

CATHERINE.

Non : je ne crois plus rien... Cette sourde douleur...
De mon front embrasé la soudaine chaleur...
Voilà la trahison que j'avais soupçonnée!
Ah ! monsieur de Gyvès !... je suis empoisonnée !

MARIE.

Quelle horreur !

CATHERINE.

Leurs complots me poursuivront toujours...

CHARLES (regardant Gyvès et sa mère).

Gyvès... C'est impossible... il a sauvé mes jours!...

CATHERINE.

Il a sauvé vos jours, mais pourquoi? Pour m'atteindre:
Pour les rebelles, vous, vous n'êtes pas à craindre :
Mais moi qui règle tout, moi qui règne... Ah! mon sein...
Une flamme... oh! tourmens ! Arrêtez l'assassin !

GYVÈS (avec résignation).

J'attends ! Le ciel sait tout...

CHARLES.

Que des soins salutaires...

Secourons-la... mon Dieu!...

(Empressement de Marie, de Gautier, de Réné et de Touchet, qui soutiennent Catherine et la font asseoir sur le lit de repos.)

MARIE.

Quels étranges mystères !

RÉNÉ (à part se frottant les mains).

Ça va bien...

CATHERINE.

Laissez-moi... pourquoi me secourir?...
Je souffre des douleurs que rien ne peut guérir :
Que vois-je?... Comme si je tombais dans un gouffre...
Un vertige.... De l'eau!... de l'eau !... Comme je souffre!

(Réné lui donne de l'eau, qu'elle boit avidement. Il y a versé une petite fiole.)

Je me sens mieux ! mon front de sueur moins baigné !...

(Prenant la main de Charles avec une expression de tendresse.)

C'est pour venir à moi qu'ils vous ont épargné !
Moi, morte, plus hardis et plus adroits, peut-être...
Ils vous tueront, mon fils...

CHARLES (effrayé).

Qu'on saisisse le traître !

(Gautier et quelques domestiques veulent s'emparer de Gyvès.)

GAUTIER.

Allons!

GYVÈS.

Vous oseriez porter la main sur moi...!

(Il se calme, et avec sang-froid :)

Puisque le roi le veut, soumettons-nous au roi !

(Pendant la lutte rapide que Gyvès a soutenue un moment contre Gautier,

Tavanne a tiré des papiers et la fiole de la poche où la reine l'avait mise :
Charles fait signe qu'on les lui donne : Touchet les lui remet.)

CHARLES.

Que vois-je? quel papier?... quelque lettre où s'exprime...
(Voyant la fiole.)
Me voilà satisfait, c'est la preuve du crime.

GYVÈS (avec dédain).

Oui, la preuve...

CHARLES (à Catherine).

Je dois punir cet attentat :
Votre danger m'apprend le danger de l'État !
Je ne résiste plus, point de pardon! de grâce !
Où donc est cet édit qui doit frapper leur race?

CATHERINE.

Il ne me quitte pas, et toujours sur mon sein...
(Elle le tire de son sein et le lui donne.)

CHARLES.

Ils n'accompliront pas leur funeste dessein !

RÉNÉ (à Catherine).

Bravo !

MARIE (à Charles).

Sire...

CHARLES (allant à la table).

Aujourd'hui, c'est le ciel qui m'éclaire.
(Il signe l'acte et le rendant à Catherine :)
Qu'ils meurent !... je punis l'assassin de ma mère !
(La toile tombe sur ce tableau.)

FIN DU TROISIÈME ACTE.

ACTE IV.

Une vaste salle gothique du Châtelet d'Orléans, situé sur le
quai qui porte son nom; la Loire coule au bas de ses
murs à machicoulis; ce château-fort a une forme qua-
drangulaire sans ornemens. Dans le fond de la salle et de
chaque côté, à gauche et à droite, les armoiries de
Louis XII et de Anne de Bretagne; celles de Henri II :
trois croissans entrelacés; une H couronnée, avec ces
lettres initiales disposées autour, D. T. I. O.: *Donec totum
impleat orbem*. Cette salle basse a dans le fond une croisée
qui s'ouvre sur la Loire qui baigne les pieds du bâtiment,
et dont la rive gauche se voit dans le lointain. Il y a un
balcon en fer épais et ciselé. A droite, à l'horizon, est le
pont; sur le pont, le monument de la Pucelle; croisées
à droite et à gauche. Sur le second plan, des deux côtés,
une porte et un étage qui commencent deux tourelles qui
se mêlent, en s'élevant, au reste de l'architecture du
bâtiment.

SCÈNE PREMIÈRE.

SIPIERRE *à différentes personnes qui exécutent ses ordres
à mesure qu'il les donne.*

Nous n'avons qu'un moment...courez...qu'on débarrasse
Les grands appartemens donnant sur la terrasse.

Ils descendront ici... Le Châtelet est sûr
Plus que l'Hôtel-de-Ville... une herse... un gros mur...;
Du canon... Orléans! querelleuse éternelle...!
Avez-vous, près du pont, mis une sentinelle
Pour prévenir la reine, et l'amener ici ?
Que va-t-elle penser, voyant la ville ainsi ?
Je n'ose rien résoudre et rien faire sans elle :
A sa présence au moins suppléons par mon zèle.

(On entend, sous les fenêtres, des voix crier : Vive le roi ! vive la liberté de conscience.)

Je n'y conçois plus rien ! voilà les réformés
Qui retournent chez eux triomphans, désarmés...
S'entretenant du roi, d'amnistie et de grâce...
Ce retour imprévu m'étonne et m'embarrasse...
Ah ! (Avec impatience).

SCÈNE II.

SIPIERRE, TRIPAUT.

TRIPAUT.

Les Orléanais, inquiets et troublés,
Au cloître Saint-Aignan sont déjà rassemblés !
Moi, j'ai fait enfermer dans la tour Juranville
Nombre de huguenots qui rentraient dans la ville.

SIPIERRE.

C'est très bien !

TRIPAUT.

J'ai doublé, dans ce péril pressant,
Le poste qui gardait la porte Saint-Vincent.

SIPIERRE.

Que sous aucun prétexte elle ne soit rouverte.

SCÈNE III.

SIPIERRE, TRIPAUT, DUPLEIX.

DUPLEIX.

Les soldats qui gardaient la tour de Saint-Euverte
Se sont tous de leur poste enfuis jusqu'au dernier.
Beaucoup de protestans sont au faubourg Bannier :
Les gens de Saint-Marceau, cédant à leurs alarmes,
Sont en tête du pont, et demandent des armes.

SIPIERRE.

Il faut leur en donner. Près du Boulevard Neuf
Envoyez les soldats du fort de Charles neuf.

(Dupleix sort.)

SCÈNE IV.

SIPIERRE, TRIPAUT.

(Sipierre se promène avec agitation : Tripaut le considère avec inquiétude.)

SIPIERRE.

Si la reine était là du moins...!
(Moment de silence : on entend du bruit.)

SIPIERRE.

Mais quel bruit ai-je
Entendu ?...

TRIPAUT (regardant dehors).

C'est la reine avec tout son cortége.

SIPIERRE.

Ah ! j'ai bien besoin d'elle en cette extrémité.

SCÈNE V.

SIPIERRE, TRIPAUT, CATHERINE, CHARLES IX
et **TOUCHET**, *qui la soutiennent chacun par un bras :*
Catherine semble souffrir encore des ravages du poison.
Derrière eux viennent GAUTIER, *veillant avec impor-*
tance sur GYVÈS, *escorté de tous les domestiques que*
nous avons vus au Hallier: RÉNÉ *ne le perd pas des yeux.*
MARIE TOUCHET, *en habit de voyage, est livrée à la*
douleur et à l'inquiétude la plus vive : elle donne quel-
ques soins à Catherine ; mais tout son intérêt est pour
Gyvès, qui garde un silence méprisant et résigné.

SIPIERRE.

J'ai l'honneur d'annoncer à Votre Majesté...

CHARLES.

Chut...

SIPIERRE.

Vous m'épouvantez !

CATHERINE (soupirant).

Ah !

SIPIERRE (à part).

Dieux ! elle soupire !

CATHERINE (s'asseyant).

Je suis toujours bien faible ! à peine je respire !

(A Touchet, à Marie et au roi.)

Vos soins m'ont sauvée !... oui, monsieur le gouverneur,

Si vous me revoyez encor, c'est un bonheur.

SIPIERRE.

Bien grand !

7

CATHERINE (montrant Gyvès).

Connaissez-vous par hasard ce jeune homme?

SIPIERRE.

Je connais sa famille, et comment il se nomme :
Il a quelques vertus, et sa noble maison...

CATHERINE.

Cet homme vertueux m'a donné du poison.

SIPIERRE.

Du poison !... Qui croirait en le voyant paraître...?
(Avec profondeur.)
J'ai toujours soupçonné que ce n'était qu'un traître.

CATHERINE (bas et vivement à Sipierre).

Songez que cette nuit il faut m'en délivrer.

SIPIERRE.

Oui, madame.

CHARLES.

Au bailli je le ferai livrer :
Demain en attendant commencera l'enquête,
Et vous m'en répondez, monsieur, sur votre tête.

SIPIERRE.

(Bas à la reine.)
Oui, sire. Entre ces deux ordres, lequel choisir ?

CATHERINE (haut à Sipierre).
(Bas.)
Mettez-le en sûreté. Nous avons du loisir.

SIPIERRE.

Oui, madame.
(Il fait entrer Gyvès dans la tourelle de droite et ferme la porte par-dessus
lui.)

SCÈNE VI.

LES MÊMES, HORS GYVÈS.

CATHERINE.

Mon fils, après une journée
Que tant d'évènemens ont si mal terminée ,
Il vous faudrait du calme, allez vous reposer.

(Charles, qui a toujours une tristesse et une préoccupation extraordinaires,
se laisse conduire par Sipierre, qui lui indique du doigt la porte latérale
de gauche.)

SIPIERRE.

Voici l'appartement que j'ai fait disposer :
(Il en ouvre la porte, et se rapprochant du roi :)
C'est le plus beau de tous, il donne sur la Loire :
Charles-Quint y logea, comme prétend l'histoire.
C'était un noble roi... mais son plus grand honneur...

CHARLES.

Trève de complimens, monsieur le gouverneur :
Aux princes quelquefois la puissance est amère ;
Fasse le ciel qu'un jour je...

(Il rêve un moment : quelques larmes coulent de ses yeux, mais il revient
à lui, et baisant la main de Catherine :)

Bonne nuit, ma mère.

(Il sort lentement soutenu par Touchet et Tripaut ; Marie entre dans une
autre chambre.)

SCÈNE VII.

CATHERINE, RÉNÉ, SIPIERRE.

(Gautier hors de la salle, monte la garde; on le voit de temps en temps
passer et repasser.)

CATHERINE (avec vivacité).

Messieurs...

SIPIERRE.

Madame, votre état...

CATHERINE (souriant).

Ne craignez rien.

SIPIERRE.

Ce poison...

CATHERINE.

C'est fini; je me porte très bien.
Des souffrances du corps je ne suis pas esclave,
Je leur commande; mais c'est là qu'est la plus grave !
(Elle montre la tourelle où est Gyvès.)
De ce que j'espérais je n'ai que la moitié;
Le roi sent pour Gyvès encor quelque pitié:
Aux coups de la justice il veut qu'on l'abandonne:
Et s'il change d'avis pourtant !... s'il lui pardonne !
Un juge peut l'absoudre au premier examen,
Et tout sera perdu s'il existe demain.
Il faut que cette nuit... (Brusquement.) Que fait la populace?

SIPIERRE.

De grands rassemblemens encombrent chaque place.

CATHERINE.

Il faut fortifier, nourrir ces mouvemens
Par de vagues rumeurs, par des bruits alarmans :

Dites que, revenus dans un but sacrilége,
Les protestans armés nous cachent quelque piége...
Qu'ils viennent pour piller, tuer : que sais-je, moi ?
... Ah !... qu'ils ont le projet d'assassiner le roi...
Vous êtes assuré qu'ils sont en petit nombre ?

SIPIERRE.

Oh ! oui.

CATHERINE.

S'il arrivait pendant cette nuit sombre
Quelqu'émeute, un combat, vous êtes bien certain...

SIPIERRE.

Il n'en resterait pas un seul demain matin.

CATHERINE.

Je veux donc une émeute, et par un stratagème,
Il faut adroitement en faire une nous-même.
De la fête pour lors ce sera le signal,
Messieurs les protestans paîront les frais du bal. (On rit.)
Retenez bien qu'il faut que dans cette querelle
Tombe surtout Gyvès caché dans sa tourelle ;
Il faut vous arranger de façon que demain
On le retrouve mort, immolé... de sa main.
Répondez-vous de tout ?

(Réné fait signe qu'il se charge de Gyvès.)

SIPIERRE.

J'en réponds, oui, madame !

RÉNÉ.

Nous allons tous les deux agir de cœur et d'âme.

SIPIERRE.

Tous vont sans le savoir avancer vos desseins.

RÉNÉ.

Je vais en prévenir les pères capucins.

SIPIERRE.

Tous les soldats du fort vont prendre le mot d'ordre.

CATHERINE.

Allez ordonner tout pour avoir du désordre. (Ils sortent.)

SCÈNE VIII.

CATHERINE *seule*.

Il ne faut pas qu'un seul reste pour demander
La grâce que mon fils voulut leur accorder.
Cette nuit, grâce aux soins de quelques fanatiques,
Tout ce que cette ville enferme d'hérétiques...
Ce soir, c'est un prologue, et le plan en est pris :
La pièce doit plus tard se jouer à Paris.
Adieu les protestans et leur secte mystique...
Ce n'est pas qu'après tout telle ou telle pratique...
Peu m'importe : de près j'ai vu Rome et sa cour :
J'ai vu sa sainteté le pape : et de ce jour,
Je puis apprécier le culte catholique ;
Mais ces innovateurs, avec leur marche oblique,
Avec leurs mots flatteurs, de droits, de liberté,
Pourraient porter atteinte à mon autorité :
Et le pouvoir ! voilà mon Dieu ! ma loi suprême !
Mon culte ! à qui j'ai tout sacrifié... tout... même...
Oui, car, s'il en fallait croire un bruit qui vient d'eux,
J'ai donné du poison à mon fils, François deux :
Toujours sur un soupçon le peuple déshonore ;

Personne n'en sait rien ; mon confesseur l'ignore !

(Agitée un moment, elle se lève et ouvre la fenêtre.)

Délicieuse nuit ! comme avec volupté

La lune se repose à ce site enchanté !

Quel trouble naît au cœur, quand la Loire plaintive,

Murmure ses adieux aux arbres de la rive,

Et, prête à s'exiler aux lointains Océans,

Caresse avec amour les remparts d'Orléans !

Loiret ! fleuve riant ! doux jardin de la France !

Sol magique ! on dirait une nuit de Florence !

Combien, insoucieux de leur triste destin,

L'admireront ce soir, sans en voir le matin !

Après ces cris joyeux, et ces chants pleins de charmes,

Que de sanglots cruels ! que de deuil ! que de larmes !

Que de mères demain vont pleurer et gémir ! (Elle bâille.)

Je suis lasse, mon front est lourd : je vais dormir.

(Elle va pour sortir, et rencontre Gautier qui monte la garde.)

SCÈNE IX.

CATHERINE, GAUTIER.

CATHERINE.

Quoi ! vous ici, Gautier ? que faites-vous ?

GAUTIER.

                                        Je veille

Sur une majesté lorsque l'autre sommeille :

Puisque vous avez foi dans ma fidélité,

Vous pourrai-je être aussi de quelque utilité ?

CATHERINE.

On peut compter sur toi ?

GAUTIER.

Si vous savez leur liste,
Il n'est pas dans la France un meilleur royaliste.

CATHERINE.

Que nous conseilles-tu ? quel serait ton dessein ?

GAUTIER.

D'en finir d'un seul coup en sonnant le tocsin.

CATHERINE.

C'est une idée heureuse !

GAUTIER.

Il ne faut que s'y mettre,
Le tout sans vous nommer, et sans vous compromettre.

CATHERINE.

C'est juste, le pouvoir...

GAUTIER.

Le roi fait toujours bien,
Et l'honneur du roi, c'est pour moi comme le mien.

CATHERINE (souriant).

Merci.

GAUTIER (ravi).

La royauté ! je ferais tout pour elle.

CATHERINE.

Mais, ce soir ?

GAUTIER.

Supposons que j'aie une querelle :
J'accuse un huguenot de vol, de trahison...
Dès-lors qu'on les accuse, on a toujours raison ;
On s'anime contre eux... on s'agite à la ronde,
Et le tapage...

CATHERINE.

Es-tu sûr de beaucoup de monde ?

GAUTIER.

Tous mes cinquanteniers...

CATHERINE.

Cinquante ! c'est bien peu !

GAUTIER.

Bah ! le signal donné, vous verrez en tout lieu
Les bons Orléanais arriver à la file :
Puisque vos majestés viennent dans cette ville,
Cela suffit ; il n'est pas besoin de nommer
Ceux que l'on doit rôtir, ceux qu'il faut assommer.

CATHERINE.

Après ?

GAUTIER.

Je vais criant, je cours, j'abats, je tape...
Le cloître Saint-Samson, la place de l'Étape,
Le coin Maugars, partout où logent ces cagots,
Le feu ! que leurs maisons leur servent de fagots !
Quand j'y pense ! quel bruit ! quel éclat ! quelles fêtes !

CATHERINE.

Après ?

GAUTIER.

Nous donnerons le bal aux fortes têtes ;
Voyez-vous ces coquins étouffés par le feu,
Et se réveillant morts, en face du bon Dieu ! (Il rit.)

CATHERINE.

Tu réponds du succès ?

GAUTIER.

Oui.

CATHERINE.

Si je suis contente,
Si le succès enfin répond à mon attente,
Vos services seront payés d'un très haut prix ;
Il dépend de vous seul de me suivre à Paris.

(Elle lui donne sa main à baiser : Gautier ose à peine y toucher ; enfin,
enhardi, il y dépose un baiser, et reste comme anéanti de cette faveur.
Catherine sort.)

SCÈNE X.

GAUTIER (seul).

Et la main d'une reine ! il n'est rien qu'on ne fasse
Après... c'est un baiser qui jamais ne s'efface.
Qu'elle vienne à présent me dire : Fais ceci,
Fais cela... Voulez-vous tout mon sang ? le voici !
Tout mon sang !... A ce mot, d'où vient que je frissonne
D'y penser seulement !... moi ! si douce personne !
Chercher une dispute à tort comme à travers,
Quand j'irais pour les fuir au bout de l'univers !
Quand je ne me sens pas le plus brave du monde,
Si je vas attaquer quelqu'un qui me réponde :
Je suis fort bon chrétien ! mais, à ne pas mentir,
Je ne suis point pressé de me faire martyr !
Adieu la politique et ce qu'on fait pour elle :
Si j'allais pour abri prendre quelque tourelle !

(Il indique la tourelle opposée à celle qui renferme Gyvès).

De tout ce qu'on fera je serais averti ;
De ce que je verrai je tirerais parti !
Quand tout sera fini, je pourrai reparaître !

Je dirai : j'étais là! l'on me croira peut-être.

J'y prendrai part des yeux, de loin. Ah! c'est parfait!

Tout ce que j'aurai vu, c'est moi qui l'aurai fait.

(Il se dispose à y entrer : en ce moment paraît Marie Touchet, qui s'avance
¦ avec précaution en regardant autour d'elle.)

GAUTIER.

Qui vient ici?.., Marie! ah! c'est se mettre en quête

Bien tard... mais je comprends, l'amour tourne la tête...

Vers la chambre du roi se dirigent ses pas...

Sortons, sortons : ceci, Gautier, ne vous regarde pas.

(Il entre dans la tourelle, dont la porte se ferme sur lui.)

SCÈNE XI.

MARIE (seule).

(Elle approche avec crainte, et elle regarde la tourelle où Gyvès est ren-
fermé.)

C'est là !... c'est là pourtant, et tandis que je pleure...

(Elle s'en approche et cherche à s'enhardir.)

Il me maudit... Oh non! je ne veux pas qu'il meure!

(Elle va à la porte de la tourelle, fait glisser le verrou, et après quelques
efforts, elle l'ouvre : elle y entre, et en ressort tenant Gyvès par la
main.)

SCÈNE XII.

MARIE, GYVÈS.

MARIE.

Sortez, sortez, vous dis-je.

GYVÈS.

Ah! que vois-je? c'est vous?

Marie!

MARIE.

Oui, vous vivrez ; partez, fuyez leurs coups.
La mort remplit déjà ces voûtes funéraires !
Vivez pour... moi !

GYVES.

Je veux mourir avec mes frères !

MARIE (en lui donnant une épée).

Courez les protéger... Des projets désastreux...

GYVÈS.

Je refusais pour moi, j'accepterai pour eux !
Mais qui peut exciter votre sollicitude ?

MARIE.

Je tremble !

GYVÈS.

Tout est calme en cette solitude !

MARIE.

La trahison vous suit en tout temps, en tout lieu !

GYVÈS.

Oui, le glaive est levé sur ton peuple, ô mon Dieu !

MARIE.

Un complot, un forfait que ma terreur devine
Se prépare : j'ai vu sourire Catherine !

GYVÈS.

Ainsi tous nos amis sont plongés dans les fers !
Après tant de tourmens, tant de malheurs soufferts,
La reine en veut finir ce soir par un grand crime !

MARIE.

Je veux du glaive au moins sauver une victime !
Par ici ! (Elle lui montre le balcon, qu'elle mesure des yeux.)

Mais, que faire, ô Dieu! dans cet instant?

(Elle détache son écharpe et la noue à un des barreaux du balcon, Gyvès
se prépare à descendre).

Gyvès! n'avez-vous rien à me dire en partant?

GYVÈS.

Ah! si! je peux mourir! le ciel même m'ordonne
D'oublier... tout... Marie! adieu! je vous pardonne.

MARIE (lui serrant la main).

Par vous à mon amour Charles fut conservé:

(Mouvement de Gyvès).

Mon Dieu! nous sommes quitte enfin: il est sauvé!

(Elle rentre dans sa chambre; Gyvès reste un moment sur le théâtre: au
moment de descendre, il se retourne et voit Charles IX.)

SCÈNE XIII.

GYVÈS, CHARLES *sortant de sa chambre.*

GYVÈS.

Que vois-je?

CHARLES (endormi, l'œil égaré, les yeux fixes, etc.).

Quelle horreur! que voulez-vous, ma mère?
Si j'ai signé leur mort, c'était dans ma colère...
Mais ils avaient voulu... Fuyez... affreux lambeaux
De mon peuple égorgé! rentrez dans vos tombeaux!
Ah! ne m'obsédez plus!... et cependant, mon âme
Est bonne! ils m'ont trompé... c'était un piége infâme!
Arrachons de mes yeux ce bandeau qui me nuit!
Quel silence effrayant, et quelle horrible nuit!
Et je suis seul! viens donc, bien-aimée, oh! Marie!
Viens calmer mes tourmens, accours, oh! je t'en prie!

Gyvès! ne dites pas que je manque de foi!

Je tiendrai mon serment! c'est moi qui suis le roi!

Le maître...! Au meurtrier, anathème! anathème!

On ne les tûra pas, ou bien je veux moi-même...

Ah! grâce! je le veux!

(Il fait le geste de défendre quelqu'un, se raidit, et tombe dans un fauteuil
placé près de la table, puis il retombe sur la table, la tête dans ses mains.
Gyvès l'a suivi des yeux, et il s'approche de lui.)

GYVÈS.

(Il tire son épée et s'aperçoit que le roi est endormi.)

C'est Charles neuf! il dort!

Oh! mon Dieu! pour qui donc as-tu fait le remord?

(Il pousse le roi , qui s'éveille.)

CHARLES.

Où suis-je? Dieu! Gyvès!

GYVÈS.

A nous deux , roi de France !

C'est assez de malheurs, c'est assez de souffrance!

Ce matin soupçonnant ton horrible projet,

J'ai rempli le devoir d'un fidèle sujet;

Soupçonnant à quel sort ta cruauté nous livre,

Au lieu de te frapper, je t'ai permis de vivre :

Un serment solennel nous engagea ta foi!

Insensé! j'ai pu croire aux promesses d'un roi!

Je t'épargne! et ta main , par la fraude asservie,

Signe la mort de ceux qui t'ont laissé la vie!

Mais à mes yeux, avant, le hasard vient t'offrir :

Roi parjure , debout! lève-toi pour mourir!

CHARLES.

Qui prononce le mot de mensonge et de crime?

Tu parles de vertu, rebelle magnanime,

Tu parles de vertu, lorsque ta trahison
A ma mère elle-même a versé le poison !

GYVÈS (se découvrant).

Ecoute ! devant Dieu qui punit l'imposture,
La main auprès du cœur, et le front nu, je jure
Que jamais moi, Gyvès, infidèle à ma foi,
N'attentai sur les jours de la mère du roi !
Qu'à ce serment sacré ta loyauté se fie !
Je n'accuse personne, et je me justifie !
C'est assez : qu'un combat succède à l'entretien !
Ne savoir que souffrir, serait par trop chrétien !
Maintenant à l'épée ! et que Dieu me soutienne !
Viens m'arracher la vie, ou donne-moi la tienne.

CHARLES.

Connais-tu la distance entre ton maître et toi ?

GYVÈS.

Lorsqu'il règne sans honte, on respecte son roi ;
Mais lorsqu'au bas du trône un crime le ravale,
Le crime entre nous deux a comblé l'intervalle.

CHARLE S.

Quoi ! tu veux...

GYVÈS.

Nul ici ne doit te secourir !
Allons donc, roi de France ! as-tu peur de mourir ?

CHARLES.

Sujet ! je vais punir cet excès d'insolence...

GYVÈS.

Plus bas !... On peut combattre et mourir en silence !

CHARLES.

Il vous faut du poison pour donner le trépas.

GYVÈS.

Je me bats en chrétien, je n'assassine pas...

SCÈNE XIV.

Les mêmes, MARIE.

MARIE.

Qu'ai-je entendu? grand Dieu ! quels sont ces cris d'a-
larmes?

Quoi, Gyvès! vous ici...? que voulez-vous?... des armes!

GYVÈS.

Ah! sa présence encor redouble ma fureur !

CHARLES.

Avoir peur de mourir!... En garde !

MARIE.

                      Quelle horreur !

(Elle se jette entre les épées.)

Quoi! les jours de ton roi, le sang du roi lui-même !...

Tu ne parviendras pas jusqu'à celui que j'aime :

Je lui fais de mon corps un rempart, un appui :

(Elle entoure Charles.)

Tu perceras mon sein pour arriver à lui!

Si vous m'avez aimée, à vos pieds que j'embrasse...

(Elle va pour se jeter aux genoux de Gyvès, qui la relève.)

GYVÈS (avec mépris).

Puisqu'il le faut encor, sire , je vous fais grâce !

Je vous ai vu deux fois sous ma main palpitant.

Adieu, sire; je pars : mais un mot en partant :

Je vois trop quels forfaits se couvent dans ton âme :

Faible instrument d'un prêtre et d'une mère infâme,

Un jour accomplissant leurs complots inhumains,
Au pur sang des Français tu baigneras tes mains :
Tu donneras un glaive à l'église, et ta rage
Changera ton royaume en un champ de carnage !
Mais Dieu, qui pour le peuple aussi créa des droits,
Lèguera ton supplice en épouvante aux rois.
Dans le Louvre effrayé, tes nuits froides et lentes
Pareront ton sommeil de visions sanglantes !
Partout, au ciel, sur terre, aux murs de ton palais,
Tu trouveras écrit : Bourreau de tes sujets !...
Déchiré de remords, triste, inquiet, farouche,
D'une sueur de sang tu rougiras ta couche ;
Expirant, jour par jour, et lambeau par lambeau,
Tu te verras entrer vivant dans le tombeau,
Et tu remporteras, dans son ombre profonde,
Les larmes de la France et la haine du monde !
(Il va au balcon et disparait.)

SCÈNE XV.

CHARLES, MARIE.

CHARLES (anéanti).

Oui, je mériterai tous les noms odieux
Que ton cœur ulcéré m'a laissés pour adieux !
Je ne sais quel pouvoir vers l'abîme m'entraîne...
Je voulais leur amour, je recueille leur haine !
Je vais donc, profanant ma sainte autorité,
Cimenter dans les pleurs mon immortalité !
D'une honte éternelle éternel tributaire,
Je courrai de mon règne épouvanter la terre ;

8

Je n'apparaîtrai plus au monde pâlissant,
Qu'une arquebuse en main, et les pieds dans le sang !
Douce religion que je ne puis comprendre,
Est-ce en assassinant que je dois te défendre ?
Non : Dieu me parle enfin ! je rouvre aussi les yeux !
Protéger mes sujets, c'est obéir aux cieux !
Hé bien ! de leurs complots si je tombe victime,
Je mourrai sans remords, j'aurai vécu sans crime.
Mais quels accens plaintifs, et quels cris furieux !

(Tout-à-coup, par la croisée, on voit la lueur des flammes ; on entend
ensuite des cris qui augmentent par degrés, ainsi que l'incendie.)

Quelle est cette lueur ?... un incendie ! ô dieux !

(Il court égaré, Marie partage son effroi.)

Mais voilà Sainte-Croix et le beffroi qui sonne ;
Des armes jusqu'ici le cliquetis résonne ;
Des hommes égorgés ce sont bien là les cris :
Ciel ! quel pressentiment ! le retour des proscrits...
Si ma mère, grand Dieu ! s'il était vrai... ma mère !..;

(Il appelle ; Marie est immobile de frayeur.)

SCÈNE XVI.

Les mêmes, CATHERINE, RÉNÉ.

CATHERINE.

Que voulez-vous, mon fils ? quelle vaine chimère
Vous trouble ?...

CHARLES.

Répondez ! dites, quel est ce bruit ?

RÉNÉ (avec onction).

C'est un léger tumulte arrivé dans la nuit.

CHARLES.

Il faut tout apaiser : qu'une troupe choisie
De gardes...

CATHERINE.

C'est le ciel qui frappe l'hérésie !
Le ciel, qui, malgré vous, vient à votre secours,
Ecrase l'ennemi qui menaçait vos jours !

MARIE (à part).

J'ai fait ce que j'ai dû pour sauver ces victimes.

RÉNÉ.

L'Eglise a, pour frapper, des pouvoirs légitimes.

CATHERINE.

Ce sont des révoltés, dont les nombreux excès...

CHARLES.

Mes sujets révoltés sont encore Français !
Ma mère, ah ! vous ferez maudire ma mémoire.

(Charles est livré au désespoir. Pendant ce temps, Réné, tirant un poignard, s'est avancé vers la tourelle de Gyvès ; il ouvre la porte et recule
étonné de n'y trouver personne.)

CATHERINE (à la fenêtre).

Qu'aperçois-je ? Gyvès... qui descend vers la Loire...

RÉNÉ.

Il est parti...Quel traître osa, sans notre aveu...?

MARIE (à part).

Si j'avais attendu '!...

CATHERINE (aux gens du dehors).

Du haut du pont, feu ! feu !

(Des coups de mousqueterie partent du pont.)

RÉNÉ.

Il faut bien que le maître y joue aussi son rôle.
(Au roi.)
Allons , mon fils , suivant la divine parole ,
Dans cette œuvre pieuse acceptez votre part.

(Il prend dans un coin une arquebuse ; s'approchant du roi avec piété,
il lui offre l'arme en l'invitant à tirer.)

CHARLES (repoussant l'arme.)

Non , non , jamais !

RÉNÉ (avec colère).

Impie ! (A part.) Il y viendra plus tard.

SCÈNE XVII ET DERNIÈRE.

LES MÊMES. SIPIERRE , TRIPAUT, DUPLEIX , *sont ar-*
rivés avec divers signes d'émotion. Entre avec bruit
GAUTIER , *suivi de cinquanteniers qui traînent un*
homme blessé et sanglant.

GAUTIER.

Eh bien ! tout cela chauffe , et brillante est la fête.
(A Catherine.)
Hein ! Votre Majesté doit être satisfaite?

CATHERINE.

Oui.

GAUTIER.

Plus de protestans , tout est exterminé !
(A part.)
Si j'en touchai pas un , je veux être damné.

CHARLES.

Cachez ce sang !

GAUTIER (à part , en se regardant).

Où diable en voit-il une goutte ?

(Haut.)

C'est du sang d'hérétique : il aplanit la route
Du ciel. (Il va vers les cinquanteniers, et du milieu d'eux, il tire, par
le col de son pourpoint, Gyvès , pâle et mourant.)

(A Charles.)

Approche-toi. L'auriez-vous deviné ?

MARIE.

Gyvès ! Ah ! les bourreaux ! ils l'ont assassiné !

(Elle se précipite sur Gyvès, et le soutient. Gyvès, mourant, s'appuie d'une
main sur Marie, et de l'autre sur celle que le roi lui a tendue malgré lui.
Il se tient sur un genou.)

Grâce ! grâce pour lui ! Charles ! je vous implore !

GYVÈS.

Des jours de Charles neuf c'est la sanglante aurore !

CHARLES.

Ne me maudissez pas , je n'ai rien ordonné !
Mais à verser le sang je suis prédestiné !
Mon âme sous son joug se débat et succombe ,
Et ma mère elle-même a creusé votre tombe.
Gyvès ! (Il le regarde avec pitié.)

GYVÈS.

Je meurs chrétien ! mon Dieu ! soyez béni !

(Il se relève avec un peu d'énergie.)

Notre foi n'est pas morte, il reste... Coligni.

(Mouvement dans l'assemblée. Il meurt.)

CATHERINE.

Quoi ! ce nom jusqu'ici vient nous poursuivre encore !

Coligni! factieux que la révolte adore!
Mon fils, allons là-bas terrasser l'ennemi!
(Elle tire de son sein l'acte que le roi a signé, et se dressant avec majesté :)
Pour le vingt-quatre aoust la Saint-Barthélemi!

FIN.

www.ingramcontent.com/pod-product-compliance
Lightning Source LLC
Chambersburg PA
CBHW060827250626
47162CB00005B/1969